마음을 깨우는 편지

구영서 지음

도서
출판 행복에너지

마음을 깨우는 편지

초판 1쇄 발행 2025년 5월 15일

지 은 이　구영서
발 행 인　권선복
편　　집　한영미
디 자 인　서보미
마 케 팅　권보송
전 자 책　서보미
발 행 처　도서출판 행복에너지
출판등록　제315-2011-000035호
주　　소　(157-010) 서울특별시 강서구 화곡로 232
전　　화　0505-613-6133, 010-3267-6277
팩　　스　0303-0799-1560
홈페이지　www.happybook.or.kr
이 메 일　ksbdata@daum.net

값 20,000원
ISBN　979-11-93607-86-2 (03810)

Copyright ⓒ 구영서, 2025

도서출판 행복에너지는 독자 여러분의 아이디어와 원고 투고를 기다립니다. 책으로 만들기를 원하는 콘텐츠가 있으신 분은 이메일이나 홈페이지를 통해 간단한 기획서와 기획 의도, 연락처 등을 보내주십시오. 행복에너지의 문은 언제나 활짝 열려 있습니다.

삶에 지치고 사랑에 서툰 우리에게 보내는

마음을 깨우는 편지

구영서 지음

평생을 헌신과 사랑으로

몸 바쳐 살아온 목소리가 들려주는

더 깊고 더 따뜻한

진심의 기록

도서
출판 행복에너지

추천사

구윤철 | 전 기획재정부 차관, 국무조정실장

"순수한 믿음과 실천의 사람, 구영서 작가"

구영서 작가님은 말이 아닌 삶으로 사랑을 실천해 온 분입니다. 국내에 입국한 이탈주민, 이른바 새터민들의 정착을 돕는 일에 오랜 시간 헌신하며, 그 속에서 진정한 사랑의 의미를 깨닫고, 삶의 공허함과 고통 속에 있는 이들에게 그 사랑을 쏟아내며 살아오셨습니다.

이 책에 담긴 편지들은 단지 '글'이 아니라 그런 삶에서 피와 땀으로 길어낸 '진심의 기록'입니다. 그래서 더 깊고, 더 따뜻하며, 무엇보다 진솔합니다. 우리들의 마음을 깨우는 이 편지들은 독자 여러분으로 하여금 소망을 꿈꾸게 하고, 그 사랑의 끝에서 행복이

영혼을 깨우는 편지

라는 열매를 마주하게 할 것입니다.

무엇보다 이 책의 중심에는 '마음'이 있습니다. 그리고 그 마음을 따라 영혼을 일깨우고, 믿음과 소망, 사랑을 다시 세우는 묵상과도 같은 글들이 담겨 있습니다. 늘 온화한 미소로 사람들을 대하는 구영서 작가님의 모습처럼, 이 책을 읽는 여러분도 어느새 마음이 풀리고, 얼굴에 미소가 번지는 경험을 하게 될 것입니다.

깊이 있는 통찰과 따스한 언어는 독자의 일상에 스며들어, 하루의 끝에서 "오늘도 괜찮다"라고 스스로를 다독이게 만듭니다. 특히 코로나 이후 관계의 단절과 외로움이 커진 시대에, 구 작가님의 편지들은 적막한 마음방에 들어오는 한 줄기 빛처럼 우리를 서로에게로, 그리고 우리 자신에게로 연결해 줍니다. 책장을 넘길 때마다 느껴지는 잔잔한 울림은 단순한 감동을 넘어 '함께 살아간다'라는 공동체적 책임을 환기시키며, 지친 영혼에 따뜻한 물한 모금 같은 위로를 전합니다.

이 편지들을 곁에 두고 필요할 때마다 펼쳐보신다면, 어느새 삶의 온도가 한층 포근해져 있음을 발견하시리라 믿습니다. 구영서 작가님의 『마음을 깨우는 편지』가 이 시대를 밝히는 빛과 소금의 역할을 하게 되기를 진심으로 바라며, 마음이 지치고 힘든 모든 분께 일독을 권합니다.

추천사

박종근 목사 | 서울모자이크교회 목사, 북한지원단체 '모두함께' 대표,
안양대학교 초대 신학대학원장

  구영서 목사님의 글은 아름답습니다. 글이 아름답다는 말은 격
이 다르다는 뜻이기도 합니다. 축적된 삶의 두께만큼이나 탄탄한
글의 솜씨와 무엇보다 서간문처럼 누군가를 향해 이야기하듯 전
해지는 글에는 향기가 있습니다. 이미 여러 권의 책을 출간하신
목사님의 마음을 엿볼 수 있습니다. 단지 누군가를 향해 메시지를
전달하는 것만이 아니라, 사실은 목사님 자신을 향해 침묵으로 외
치는 것을 느낄 수 있어, 독자로 하여금 단숨에 글을 훔칠 수 있
게 만드는 매력적인 작품이라 할 수 있습니다.

  구 목사님은 평생 북한 동포들과 이 땅에서 제2의 삶을 살아가
는 탈북 형제들을 위해 묵묵히 헌신해 온, 우리 시대의 참된 리더

마음을 깨우는 편지

입니다. 남들이 꺼리는 일에도 겁 없이 뛰어드는 용기 있는 목사님입니다. 사람을 사랑하고, 북한 동포를 따뜻하게 품는 목사님의 그 깊은 마음을 누가 다 헤아릴 수 있겠습니까?

　이런 사랑의 마음으로 시를 노래하고 편지를 쓰신 목사님의 노고에 깊은 감사를 드립니다. 아울러 이 책이 사회적 혼란과 어려움이 산재한 우리 민족에게 희망의 메시지가 되기를 바랍니다. 이 책을 통해 독자 여러분도 삶의 새로운 의미와 희망을 발견하시길 바라며, 기쁜 마음으로 추천드립니다.

프롤로그

마음으로 나누고, 함께 사랑하며,
더불어 살아가는 삶을 위하여

우리는 모두 마음속에 따뜻한 무언가를 품고 살아갑니다.

그것은 사랑이기도 하고, 그리움이기도 하며, 때로는 꿈꾸는 마음이기도 합니다.

저는 오랜 시간 그런 마음을 편지에 담아, 우리 각자의 내면을 깨우고 위로하기 위해 노력해 왔습니다.

삶에 지치고 사랑에 서툰 우리 모두에게, 조용한 위로와 용기를 건네고 싶었습니다. 그 편지들을 모아 이렇게 한 권의 책으로 엮어 독자 여러분께 전합니다.

저는 믿습니다.

누구나 가슴속에 행복의 꽃을 피우는 꿈을 가지고 있다고.

그 꿈을 향해 우리는 마음을 열고, 사랑을 시작해야 한다고.

이 책 『마음을 깨우는 편지』는 삶에 지치고 사랑에 서툰 우리 모두에게 전하는 따뜻한 손편지입니다.

정해진 순서 없이, 어느 페이지를 펼쳐도 좋습니다.

매일 한 편씩 읽어도 좋고, 마음 가는 대로 읽어도 좋습니다.

조용히 음미하듯 소리 내어 읽다 보면, 그 울림은 눈과 귀를 넘어 가슴 깊은 곳까지 닿을 것입니다.

지금 이 순간에도 많은 이들이 분주한 일상 속에서 자신을 잃어가고 있습니다.

이 편지가 그런 현대인들에게 작은 쉼표가 되어주길, 그리고 마음의 평화와 사랑을 다시 찾는 데 도움이 되길 바랍니다.

진심을 다해 쓴 이 편지들이 여러분의 마음을 깨우고, 삶의 기쁨과 희망을 피워내는 씨앗이 되고, 그리하여 우리가 서로를 돌아보고 더불어 살아가는 세상을 함께 만들어가기를 소망합니다.

아무쪼록 하나님께서 우리에게 주신 마음을 잊지 않고, 그 사랑 안에서 다시 피어나길 기도합니다.

2025년 봄,

구영서

Contents

추천사   004
프롤로그   008

Part 1 믿음으로 보내는 첫 번째 편지

친구를 사귀려면   016

뿌리 깊은 생명 벌판에 서서   018

복 있는 사람   020

단풍 진 낙엽 되어   021

새 아침 새 마음   022

사랑은 꽃처럼 아름답네   024

여름날 꽃비 되어   026

이 길 따라 걸을 때   027

비 오는 날 나를 보게 되면   028

기쁨은 행복의 샘물이라네   030

양심의 소리   032

가을 별 때문에 아름답네   034

우리는 한 송이 초록 꽃들이네   036

눈 내리는 숲길   038

생명 살리는 바람개비   040

발자국을 남기고 싶은 자연과 공간   042

겨울 산길   044

새벽을 깨우는 사람들   046

염려하는 약속은 하지 마라   048

순종할 때 행복으로 나타난다네   049

Part 2
소망으로 적어 내려간 두 번째 편지

내 눈앞에 보이는 것들을 성찰해 보라	052
겨울과 봄 사이	054
봄이 오는 길목에 서서	056
터를 잡아주는 농부를 보라	058
너와 나 삶의 행복을 찾아서	060
새로운 지구촌 마을의 삶이 행복이라네	062
관심은 사랑이네	064
봄 향기 바람 타고 날리는 날	066
인생은 흐르는 강물처럼 낮아져야 하네	068
꿈의 가치가 있다네	070
내가 바라본 바다	072
축복을 부르는 사람들	074
꽃향기에 이끌려 발을 멈추다	076
자유로운 삶의 노래	078
꼭 필요한 것을 갖춘 사람	080
뿌리 깊은 믿음	082
성품을 변화시키는 용서	084
이전의 삶과 지금의 삶	086
하늘과 땅의 마음 삶	088
여름밤의 반짝이는 별	090

Part 3

사랑으로 전하는 세 번째 편지

뜨거운 여름날	094
인간미가 담겨 있는 행복	095
울퉁불퉁한 내 마음	096
우리 마음이 옥토가 되면 인생은 튼튼해진다네	098
둥지	100
애틋한 사랑을 품고	102
사람의 품격을 보라	104
가을은 결실의 계절	106
삶 속에서 불평도 습관이네	108
우리들은 어떻게 살 것인가	109
지나온 삶을 돌아보며	110
높고 푸른 하늘	112
발견하는 인생길	114
꽃길이 따로 있나	116
삶의 외풍과 상처	118
아름다운 웃음꽃	120
세상은 아름답게 보이는 천국	122
내 마음을 들여다보라네	124
쓸모 있는 사람	126
우리 인생 문제 앞에서	128

Part 4

지혜로 써 내려간 네 번째 편지

겸손이 더 아름답다네   132

진실하면 통한다네   134

연약해 보이는 힘   135

달력   136

힘들 때 희망이 필요하다네   138

너의 별과 나의 별   140

삶의 가치   142

지금 행복해지세요   144

새해   146

눈 덮인 산을 보라   148

행복한 웃음을 가르쳐 주소서   150

백성들이 혼란에 빠지면   152

희망은 꿈속에서 피어난다   154

꼭 안아주고 싶다   156

우리네 인생이란   158

삶과 연결될 때   160

우리의 감정   162

신의 손에 맡길 때   164

물은 생명의 근원이라네   166

소중한 안부 전해보라   168

Part 5

은혜의 빛을 따라가는 마지막 편지

다섯 가지 오색　　　　　　　　　　　　　172

빛과 어두움　　　　　　　　　　　　　　174

신과 나 둘이서　　　　　　　　　　　　176

찬란한 빛을 보라　　　　　　　　　　　178

나는 당신을 만나서　　　　　　　　　　180

드넓은 호숫가에서　　　　　　　　　　182

당연한 것은 없네　　　　　　　　　　　184

고사목 살아 천 년 죽어 천 년　　　　　186

한여름 밤 개구리 매미와 풀벌레 우는 소리　188

천 번의 삶　　　　　　　　　　　　　　190

나를 읽어야 하는 삶　　　　　　　　　　192

청춘은 짧고 아름다워라　　　　　　　　194

홀로 설 준비된 삶　　　　　　　　　　196

살아가는 용기가 필요하다네　　　　　　198

별과 달 하나　　　　　　　　　　　　　200

기도／진리／천국　　　　　　　　　　　202

성경／생명／믿음　　　　　　　　　　　208

순종／말／겸손　　　　　　　　　　　　214

인생／칭찬／지혜　　　　　　　　　　　220

격려／선／긍휼　　　　　　　　　　　　224

출간후기　　　　　　　　　　　　　　　230

Part 1

믿음으로
보내는

첫 번째
편지

친구를 사귀려면

완전한 친구를 원하는 사람은 한 사람의 친구도 없다.

친구에게도 자신의 불완전함을 용서받는다.

당신이 가장 믿을 만한 친구는 거울 속에 있다.

이것은 자기 자신을 말한다.

좋은 것은 오랜 친구와 오래된 술.

나는 거기에 늙은 아내와 늙은 개를 더하고 싶다.

친구는 꿀 같은 것 몽땅 핥으려고 해서는 안 된다.

친구는 달콤하다고 해서 함부로 대해서는 안 된다.

마음을 깨우는 편지

향수 가게에 가서는 아무것도 사지 않더라도
몸에 좋은 냄새가 밴다.
좋은 친구를 가지면 자신도 저절로 발전한다.
오랜 친구 한 사람을 새로운 친구 열 사람보다 귀중하게 알라.

자기가 없더라도 친구가 살 수 있다고 생각하는 사람은
친구를 가지고 있다.
그러나 자기가 없으면 친구가 할 수 있다고 생각하는 사람은
친구를 가지고 있지 않다.
친구가 없는 사람은 한 쪽 팔이 없는 인간과 같다.

친구에게는 세 종류가 있다.
빵과 같은 친구는 항상 필요하다.
그리고 약과 같은 친구가 있다. 때로는 필요한 친구다.
그러나 질병과 같은 친구가 있다. 그런 친구는 피해야 된다.

친구를 수렁 속에서 구할 때는
자신이 수렁 속에 빠지는 것을 두려워해서는 안 된다.
철새와 같은 친구를 만들어서는 안 된다.
계절이 바뀌면 날아가 버린다.

뿌리 깊은 생명 벌판에 서서

마음을 깨우는 편지

상한 갈대라도 하늘 아래에선
한 계절 넉넉히 흔들리거니
뿌리 깊으면야 밑동이 잘리어도 새순 돋아나니
충분히 흔들리자, 상한 영혼들이여
충분히 흔들리며 고통에게로 가자

뿌리 없이 흔들리는 부평초 잎이라도
물 고이면 꽃은 피거니와
이 세상 어디서나 등불은 켜지듯 길을 가자, 고통이여
세상에 맞서고 가자

외롭기로 작정하면 어딘들 못 가랴
가기로 목숨 걸면 지는 해가 문제냐
고통과 설움의 땅 훨훨 지나서
뿌리 깊은 벌판에 서자

두 팔로 막아도 바람은 불듯
영원한 눈물이란 없느니라
영원한 비탄이란 없느니라
캄캄한 밤이라도 하늘 아래에선
마주 잡은 손 하나 오고 있으니
서로 바람 막아 주는 아름다운
갈대들이여

복 있는 사람

복 있는 사람은 악인의 꾀를 따르지 않습니다.

복 있는 사람은 죄인들의 길에 서지 않습니다.

복 있는 사람들은 오만한 자들의 자리에 앉지 않습니다.

복 있는 사람은 오직 여호와의 율법을 즐거워하며

그의 율법을 주야로 묵상하는도다.

마음을 깨우는 편지

단풍 진 낙엽 되어

온 산을 불태우던 단풍
낙엽 되어 골짜기에 쌓이고
마지막 잎새 바람 날개 달고
하늘을 맴돌며 떨어지는 잎새 보라

발밑에 바삭이며
부서지는 낙엽
자연으로 돌아가는 소리였구나

내 마음속에
자연이 울리는 북 치는 소리 들린다
사계절 마감하는 자연의 숲
다 내려놓은 산속이 편안해 보인다

신의 솜씨
철 따라 형형색색 옷 갈아입고
낙엽 열매 땅에다 묻고
앙상한 가지 사이 새빨간 산수유
해맑게 웃는 모습 보기 좋아라

새 아침 새 마음

새 아침에 새 마음이 필요하다.

칠흑 같은 어둠 속에
여명이 찾아온다.
새 아침 찬란한
태양이 영혼의 포구에
환한 빛으로 육신과 영혼을 살포시 안아준다.

내 어릴 적 우물에
가서 물 긷는 어머니
부푼 가슴에 가족
사랑 불 활활 타올라
어둠에 식었던 냉랭한 가슴에 사랑의 물을 긷는다.
물 한 동이 이고
올 새라 저 멀리 여명의 빛이 나에게 다가온다.

아, 나의 새 마음은
신께서 주신 선물
새 일은 새 부대에

담아 우리네 수고가 헛되지 않은
나와 가족을 위해
새날을 삼으련다.

우리네 삶은 우왕좌왕
갈팡질팡하는 나그네들
육신의 눈과 영혼의 눈이 가려져 어둠의 눈 가린 이들에게
빛과 길과 진리를 따라서 저 높은 곳을 향해
나침판 통해 나갈 것이다.

새벽에 어머니는
부엌에서 밥을 짓던
그 모습 그리워 눈에 선하다.
외양간에는 소들이 닭장에는 닭들이 마루 밑에는 강아지가
반갑다고 제각기 소리를 내며 밥 달라 아우성이다.
가족의 울음도 발목 잡은 육정도 극복하면서 집으로 향하는
순종의 새날을 기쁜 마음으로 맞이한다.

우리네 백성 한 가족 되고 뿔뿔이 흩어졌던 가족 하나 되고
오대양 육대주 누비며 세계 현실을 바로 알아 꿈의 실현 위해
신께서 부어주신 축복 새 마음으로
새 아침 힘차게 읽어나 정진해 보라.

사랑은 꽃처럼 아름답네

사랑은 보고 있어도 그립고
채워도 채워지지 않는 뚫린
항아리 쉼 없이 채워도 또
사랑을 채워달라 하네

사랑은 다가서면 물러서고 물러서면
가슴 속으로 파고들어 오고
내 사랑 잡기 위해 용기 있게 손 내밀어
붙잡아 달라 하네

내 사랑 다 주고 돌아서면
더 줄 게 남아 가슴에 묻어 있는
떨림으로 바라보는 마음 표현 못 한
숨소리까지 얹어주고 싶다네

사랑은 시간이 흘러 추억 속으로
흘러간 자리에 가슴 저리게
그리웠던 기억 한 송이 꽃처럼
내 깊은 곳에서 아름답게 피어나네
내 젊은 시절 지나간 시간들 기다림처럼
헛되지 않음을 네 눈가에 사랑 맺힌 영롱한
이슬방울처럼 순간 지나간 시절들
다시 사랑 꽃피워 열매로 다가오네

여름날 꽃비 되어

집에서 비 오는 남한산성 바라본다.
온갖 새들은 노래하고 있을 무렵
여름 문턱 접어들어 장맛비
시작하여 무엇이 그리 슬픈지 하염없이
눈물 흘려 남한산성 개울이 넘쳐흐르네

맑은 햇살 내려앉은 나뭇가지 사이로
빨주노초 형형색색 오색 짙은 향기
꽃봉우리 피어나고 여름 향기 짙어질 때
내 안에 푸르름 가득 차 행복 꽃피우네

구름도 쉬어가는 여름 햇빛 따사로움에
여름 향기 짙어질 때 어느 별에서 머물다
꽃잎 되어 이내 마음 찾아왔는가
예쁜 내 사랑 한 방울 한 방울 꽃비 되어
온 누리에 단비 되어 이내 마음 적시네

마음을 깨우는 편지

이 길 따라 걸을 때

어렴풋이 이 길 따라 걸을 때 그대가 머물다 떠나간 그 빈자리
그리움 머금고 생각에 잠기는구나.
그때 그 시절 설레며 그대 없는 빈자리
아련한 그리움 생각하며 숲속 길로 들어선 발길
그 길 따라 걸어본다.

아, 좋은 여름의 이름으로 나를 그리워 생각하지는 않는지
내 마음에 새긴 사랑 어디 간들 있을 수 없는 사랑
되어버린 사람아, 높고도 푸르른 여름 하늘
옛 생각 벗어 버리고 고요한 새벽 아름다운 자태로
해변 숲길을 걸으며 그대는 언제 오시려나
기다려지는구나.

눈을 뜨면 보고픈 그리운 사람
사계절이 바뀌어도 어김없이 생각나는 그때 그 사람
여름 햇살 오색 붉게 피어 해맑게 웃는
꽃들 사이 나무 숲속 매미들은 무엇이 그리 그리운지
쉼 없이 울며 찾고 있는 모습이 내 마음 같구나.

비 오는 날 나를 보게 되면

마음을 깨우는 편지

마음의 흐름을 잘 알면
화가 줄고 여유가 생긴다.
마음의 흐름이 보이면
내 마음 정리가 되고 평안해진다.

비 오는 날 나를 보게 되면
근심 걱정 집착이었다는 것을 알게 되고 문제였음을
내 마음 보게 되면
다른 이들 마음 길 보여 이해가 되고 가는 길이 즐겁다.
내가 살면서 예민한 점 느껴진다.
화가 나면 침묵으로 침묵을 발견한다.
말로는 안 하지만 표정으로 전달한다.
그대를 억압하지 않고 말문이 열릴 때
고맙다 표현하고 꼭 안아준다.

사람 간 연약한 한계를 인정하면
자신의 모습 그대로 보게 된다.
여자가 저러면 어떻게 해
어머니에 대한 태도가 아내에게로
깨달으면 대하는 표현이 편안해진다.
남의 탓으로 돌리지 않고 정직한 자세로 서게 되면
사랑하는 마음으로 다가서게 된다.

기쁨은 행복의 샘물이라네

마음을 깨우는 편지

기쁨은 세상이 볼 수도 없고
알 수도 없는 비밀의 샘물이라네
성경 안에는 하늘과 땅 보화가 담겨 있어
지정의(知情意) 인격을 값없이 전해 주고 있다네
지혜와 지식의 진리가 감추어져 있어
찾으라 구하라 문을 두드리라 하네

건강한 사람이 좋은 말을 할 수 있듯
좋은 생각은 나를 가르치게 한다네
우리는 지금 생각하고 있는 것은
꿈을 그리는 당신을 말해 줄 수 있을 것이네

우리 마음속에 미음이 있나 보라
내 입가에 미소 지으며 친절한 말과 행동으로
겸손한 마음 행복을 이루기 위해
할 수 있는 것을 생각해 보라 하네
사랑하고 보고 싶은 친구들이여
내게 기쁨이며 자랑이며 행복한 사랑이라네
행복한 사랑이라네

양심의 소리

우리 몸에서 지체하는 시간이
길어질수록 죄짐의 무게는 더욱
무거워지고 마음의 뿌리는 더
깊게 내리게 된다네

죄짐의 무게가 마음을 구부릴 수 있다면
내가 내 마음이 되었을 때
어떻게 수그릴 수 있나 생각해 보라

우리 마음에서 들려오는
양심의 소리에 침묵해서는 안 되네
양심의 소리를 무시하고 요나의 변명으로
미화시키면 필연적으로 큰 죄짐이 된다네

무거운 짐을 방치하면
육신의 경고가 따르게 되며
지금 돌이키지 않으면 징계를 피할 수 없다네
누구나 죄를 지울 수 있지만 죄의 짐을 쌓아둘 필요가 없다네

가을 별 때문에 아름답네

이 땅에 태어난 칠십억 명의 별들
살아가고 사랑하고 힘들고 아프고 돌아가고
위로하고 위로받고 꿈꾸고
다시 사랑하며 살아가는
우리와 같은 친구들이어라

그 별 때문에 밝게 빛나는 밤하늘
저 아득한 먼 우주에서 쉼 없이
다가오며 희미하게 반짝이는 별
보는 사람 없는 작은 별들에게도
고향은 있겠지

가을과 겨울 사이 늦가을 경계선
겨울로 들어가는 동면의 시간
힘찬 바람에 나뭇가지에서 떨어지는
잎새들이 바닥으로 살포시 내려앉는다

밤하늘에 앙상한 가지 사이로 보이는 불빛과
하늘에서 가지 사이로 별들이
하나둘 내려앉아 매달리기 시작한다
예쁘게 걸어놓은 불빛과 별들의 트리가 아름다워라

우리는 한 송이 초록 꽃들이네

마음을 깨우는 편지

우리는 늘 푸른 젊은 초록이다.
가장 잘 알면서 가장 잘 모르는
사랑인가 봐요.

늦은 아침에 커피를 내리고
남한산성 초록을 바라보며 향기와 함께
내 눈은 자연을 담고 커피 향 속에 자연을
담아 마신다.
감미롭고 상쾌한 싱그러운 향이
산속에서 건너온 창밖에서 나보고
이마를 맞대어 보잔다.

나는 자연과 함께
아침과 저녁을 열고 담는지
노을이 산언덕 위에 하늘은 물감 풀어 놓는지
가을과 겨울은 어떻게 묶일지
초록 사이에 단풍 들어 떨어지는 앙상한 산들이
옷을 벗을까 망설인다.

우리는 이대로 가깝고도 먼
남한산성 초록하고 이별하는가 보다.
우리네 인생도 이별할 날들이 있겠지.

눈 내리는 숲길

마음을 깨우는 편지

겨울 날씨는 몹시 춥고 비바람은
세차게 불어대고 새벽에 눈발은
휘날리며 하얀 눈 내린 산언덕에
하얗게 내려앉은 선녀들 자유로움에
가슴을 열어본다.

봄 여름 가을 형형색색으로 물들였던
지난날들의 애환을 눈 비바람에 날려 보내고
나무 우산 아래 서서 지난날을 사랑했노라
사색에 잠겨 흐르는 마음의 눈물 성찰해 본다.

세차게 눈보라가 몰아칠 때 열리지 않는 냉가슴
언젠가는 들려올 우리 마음에 이미 봄의 생명을
위하여 눈 속에서 복수초처럼 꽃 피우는 꿈을 꾸며
눈보라 치는 천마산 숲길을 걸어본다.

생명 살리는 바람개비

바람개비는 바람이 생명이다

어김없이 언덕을 넘는 바람 불어와

구멍 난 바람개비

힘차게 가슴으로 감아 돌리며

세상의 욕심과 수많은 비난의 말들이

말려 나가고 남은 것은 없다네

우리네 회전의 말들이
몸에 뺀 바람개비 가슴에 안겨
수많은 사람들이 얼굴을 창작하는
바람의 허공을 보라

바람과 바람개비의 이유는
오직 하나의 바람 힘으로 돌아가는 지혜가
오색 단풍처럼 현란하게 몸치장하고
높은 곳 언덕에서 산소 바람을 기다리는 날이면
잠자던 생명들을 보라

시원한 바람이 불어와
바람개비 날개 돌아
생명 춤추는
바람개비 날개를 보라

발자국을 남기고 싶은 자연과 공간

마음을 깨우는 편지

다음에 다시 오겠다 약속했지

발자국 남기고 싶어지는 공간과 자연

뜰에는 어떤 모습이 담겨 있을까

믿음과 소망이 담긴 약간의 사랑을 담아

나도 흔적을 남겨두고 왔다네

웃는 얼굴 담긴 사진

마음속 언어를 담을 마음의 그릇

글과 사람의 손끝을 거치면서 색이 드러나면서

내가 묵었던 아름다운 집이었네

다녀간 흔적을 남기고 싶은 마음에는

적어도 이내 마음에 두어 가지 조건들이

졸졸 따라온다네

하나는 내 조그마한 마음이 파묻혀지지 않고

이곳에 어디인가 자리를 잡고 있을 거라는 믿음이 들고

또 하나는 아름다운 이곳이 오래오래 변하지 않는

너른 품으로 남아있으면 하는 소망이 든다네

겨울 산길

하얀 눈 덮인 겨울 산길

미끄러지지 않고 눈 쌓인 풍경을 밟는 이들이여

수목의 산수화를 즐기며 오르는 이들이여

코끝이 빨개지며 추워도 등 뒤 후끈거리는

겨울산 오르는 사람들이여

역시 겨울산은 온통 겨울 왕국입니다.

마음을 깨우는 편지

산모퉁이 돌 때면 어김없이
까치와 산새들이 지저귀는 소리
내 귓전에 합창하는 소리
듣기 좋아라.

소복이 쌓인 나뭇가지는 물 길어 올리는 두레박처럼
물이 흘러 겨울 새김 계곡으로 대한이 건너고
모든 이들 바람에 건너온 발자국 금세 지워집니다.

햇살 끝에 남은 잔설을 밟으며
누군가 산모퉁이를 돌아서자
비로소 하얀 눈 덮인 수목의 산수화
흰 도화지 다 채워집니다.
겨울산은 어디를 보아도 겨울시(詩)입니다.

새벽을 깨우는 사람들

너와 나 손잡고

우리가 하나 되어

소중한 자리에서 꼭 필요한

새봄 희망을 오롯이 가꾸어 본다.

마음을 깨우는 편지

햇살 내려앉은 양지바른 곳에
이른 새벽, 까치가 감나무에 걸터앉아
노래하는 창밖 모습은 평안해 보이는구나.

집 안에서 바라보는 창밖 모습이
아름답게 비치는 풍경이
진솔해 보인다.

추운 날씨에
현장에서 일하는 모습에서
희망이 보이네.

한겨울 칼바람 새벽
현장에 하얗게 쌓인
눈 밟고 출근하는 새벽 밤

여명이
희망이 되어
해맑게 밝아오네.

염려하는 약속은 하지 마라

우리가 몸소 체험하는 염려는 보편적인 현상이며

그 종류도 다양합니다.

염려는 항상 걱정하는 마음을 놓지 못하며

우리 마음을 어둡게 하는 뜻을 가지고 있습니다.

우리가 염려하는 그것이 합당한 이유에서

염려하는 것은 분명 죄에 속하는 것입니다.

염려하는 것 자체 속에서 이미 죄가 포함되어 있다는 것입니다.

염려는 신에 대한 신뢰를 파괴해 버린다는 것입니다.

믿음을 소멸하게 하는 염려는

우리네 마음을 흔들어 놓게 됩니다.

우리 미래를 염려의 대상으로 삼아 스스로

마음을 무너뜨리지 않았으면 합니다.

아무것도 염려하지 말고 오직 모든 일에

기도와 간구로 구할 것은 감사함으로 하나님께 아뢸 때

우리 마음과 생각을 지켜주시는 말씀 믿고

오직 믿음과 기도로 나가시기를 간구합니다.

순종할 때 행복으로 나타난다네

오늘날 사람들은 순종에 대해
무관심하거나 부담스럽거나
대수롭지 않게 생각한다네
참된 사랑은 순종을 통해
우리네 삶을 꽃피운다네

현대를 살아가는 지금
어른이 힘을 잃었다네
사람들은 신뢰하고
어른 말씀에 순종하고
기본 중 기본이 되어야 하고
덕담을 듣고 온전히 순종하는
자세로 믿음을 표현할 수 있어야 한다네

온전히 순종은 제사보다 낫다 하네
어른 말씀에 중심을 맞추고
바른 생활을 통해 나타내야 한다네
순종할 때 지구의 역사는
행복으로 나타난다네

Part 2

소망으로
적어 내려간

두 번째
편지

내 눈앞에 보이는 것들을 성찰해 보라

마음을 깨우는 편지

우리 마음에 느끼는 것들을
내 눈앞에 보이는 것들로
판단하면 안 된다네

우리들의 감각, 감정, 경험을
지나치게 의존하면 실망한다네
보이는 것들에 감정에 젖어
마음을 정복당하면
참된 약속을 믿지 못하게 된다네

믿음은 감각과 감정이 아닌
약속을 기억하고 승리하리라
끝까지 붙들어야 소망이 이루어진다네

겨울과 봄 사이

따스한 햇살로 여는 봄의 기운
겨울 동안 닫아 건 우리 마음도
봄으로 조금 더 기울어진
겨울과 봄 사이네

우리 일상에서 아무 일도 아니라는 듯
땅속의 얼음 고여 슬며시 밀어 올려
마당에 고인 물 햇빛 반사되어
눈부시게 비쳐오네

이른 봄 늦은 겨울 산수유 감나무 밤나무
사이로 향하던 봄을 알리는 바람 땅의 기운
가슴에 담고 겨울 손길 자리마다
땅속에 꼭꼭 숨어 있던 씨앗들 덮인 흙
밀어 올리는 새싹들 보라

집 뒤꼍에 봄소식을 알리는 텃새들 날아와
나뭇가지에 앉아 하모니 소리를 지저귄다
사람들 마음도 봄이 찾아와 장갑도 외투도
마음 안에 겨울 하나씩 옅어진다
땅속에 심긴 화초도 세상 밖으로 올라와
자연의 봄이 찾아왔다고 알리고 있다네

봄이 오는 길목에 서서

마음을 깨우는 편지

버들강아지 시냇가 거기 거기엔
눈물겨운 님의 함박웃음 꽃이
피어나고 있을까

우리 마음에 기다리던 행복의
봄 향기가 다가온다네

봄이 오는 오솔길목 거기엔
약속했던 님의 미소가 환하게 다가와
님을 그리며 멈추고 있을까

살 속을 파고드는 봄바람에
얼었던 긴 겨울 발목에 묶였던
운동화 끈 헐겁게 풀고
포근한 봄 길을 여유롭게 걸어보네

터를 잡아주는 농부를 보라

겨울 지나 봄의 땅에 뿌려진 씨앗들
하늘 바라보며 살포시 내밀며 세상에
태어난 연둣빛 새싹들을 보라

농부 손에 담겨 터를 잡아주는
일꾼의 수고가 잘 자라기를 기원하며
모종의 터를 잡아주고 있네

하늘과 땅 연둣빛 새봄이 열리면
청명한 봄바람 속에서 꽃으로 피어나
열매를 달고 커가는 꽃들의 웃음소리

아침과 저녁으로 차갑게 다가오는 찬바람
어린 새싹들이 얼어 죽을까
두려운 마음

따스한 봄바람 고루 퍼지는 들녘을 보면서
한 해를 시작하는 씨앗을 싹틔우는 한낮의
뜨거운 기운이 뿌리에 다 떡잎이 드러나

따스한 봄빛이 넉넉하고 땅심을 촉촉한

흙 앞에서 마음을 바로 동이며

아름다운 봄을 일구는 농부를 보라

너와 나 삶의 행복을 찾아서

마음을 깨우는 편지

너와 나 행복은
내 마음속으로부터 시작한다네

너와 나 우리 사람들은 행복을 찾아 헤매고
행복은 어느 누구나 손에 닿든지
잡힐 만한 곳에 있다네

너와 나 마음속에서 만족을 찾지 못하면
행복을 얻을 수 없다네

너와 나는 손에 이미 행복을 쥐고도
행복인 줄 모르는 사람들이 많아
삶을 찾아 헤매다가

결국 행복은 숨바꼭질하고
내 주변에서 있다는 것을 알았을 땐
이미 멀어져 늦을 때가 있다네

너와 나의 막연한 행복보다는
지금 내 앞에 다가와 있는 확실한 행복을
발견하는 사랑의 지혜가 필요할 때라네

새로운 지구촌 마을의 삶이
행복이라네

마음을 깨우는 편지

너와 나 새로운 지구촌 마을 공동체의 자유와
행복이 밑바탕이 된다네
새로운 사회에 대한 욕구를 충족시켜 주는
방향이 형성될 것이네

지구촌 나라마다 그리고 지역마다
조건과 기후 환경이 다르기 때문이네
새로운 마을 공동체는
다양한 형태로 형성되고 있다네
지구촌 자연과 공동체를 만들어 나가는
원천 같은 지향점을 가지고 있다네
사람이 하고 싶은 일을 하면서도 우리 이웃에
불편을 주지 않게 하는 것이라네

지구촌 우리는 즐겁게 일하며 나 자신의 능력을
최대로 이끌어 내는 것이 필요한 만큼
소비하는 소박한 삶을 사는 것이
지구촌 행복이라네

관심은 사랑이네

사람과 동물 그리고 식물에게 주는
관심은 자연 생명을 다시 일어나게 한다네

푸른 강물 속에서 자연과 어우러진
물고기와 식물들이 새롭게 소생하는
뿌리를 내리고 살아가는 자연을 보라
땅심에서 올라오는 여린 잎새를 보라

양지바른 물속에서 물고기는 산란하고
따뜻한 곳 한구석에서 새싹들이 피어나고
자연은 온통 푸르게 옷을 갈아입고 있구나

가 본다 하면서도 못 가 봤는데
이제야 찾게 되어 잊었던 조용한 섬과 산
그리고 강줄기는 얼마나 물살에 몸을 호되게 맡겼을까

깊게 파인 골을 지나는 물살을 보라
마음도 겨울도 봄을 맞아 쌓였던 눈과 언 산이
다 녹아내린다
산천초목 금수강산 참 아름다운
자연의 세계를 마음껏 느껴보라

봄 향기 바람 타고 날리는 날

남해 외딴섬 마을 사거리
차에서 내려 정류장에 이르니
외롭게 선 솟대가
누구의 인생길을 안내하려는지
길게 뻗은 지평선 끝에 서 있는 모습이
외롭게 보이네

바닷가를 거닐 때 수다를 떠는 미망인
안타까운 사연이 내 귓전에
꽃바람에 섞여 아장아장거리며
힘차게 다가온다

속삭임을 들으며 뜨거운 햇볕 받으며 지나는데
하품은 하염없이 나오고
우리네 삶의 애환이
시골길을 달려간다

저마다 애틋한 사랑의 사연을
담아가는 사람들

마음을 깨우는 편지

시골 읍내 오일장 나들이 가는
발걸음이 빨라진다

벌써 물건 흥정할 생각 하며
발걸음 사이 미소진 웃음이
지나간 그리움으로 설렌다

지평선 들녘 논과 밭 사이에는
풋보리 아카시아 향기가
바람 타고 출렁이는 날

호젓한 논과 밭 사이 길
그리고 섬 바닷길을 걸으며
동네 아낙네들이 반기며
호객행위 하는 사이로

나는 민들레 향기
아카시아 담은 내음
웃음으로 언덕을 가볍게 올라
마음에 담아온 응어리를 다 풀어낸다

인생은 흐르는 강물처럼
낮아져야 하네

마음을 깨우는 편지

자연의 생명력이 약동하는 강물처럼
우리네 인생도 물처럼 약동하길 바라네

결코 인생의 길을 가다 부딪쳐 넘어지는 것은
부끄러운 일이 아니네
우리는 넘어져서 일어나지 못하고
주저앉는 것이 부끄러울 뿐이네

너와 나 넘어지기 마련이네
우리가 넘어져도
일어나서 걸어가는 사람이 있고
뛰어가는 사람, 계속 주저앉아 울기만 하는 사람이 있다네

우리는 흐르는 물처럼 장애물을 만나도 기다렸다
길을 만들어 넘어가는 물을 보라
물은 다시 돌고 돌아 낮은 곳을 찾아 흘러
길이 없으면 때로는 길을 만들어 나간다네

꿈의 가치가 있다네

우리네 꿈은 방황을 모험이 되게 한다네
무기력한 사람을 열정으로 바꾸어 놓고
흩어진 마음을 하나로 모이게 한다네

꿈이 있는 사람은
머리와 마음을 사용할 수 있다네
우리가 원하는 것을 만들어 낼 수도 있고
앞에 놓인 장애물을 넘어설 수도 있다 하네
꿈의 삶을 반드시 행복으로 만들어 준다네

우리네 삶이 여기가 끝인가 싶은 순간
꿈의 희망을 다시 믿음으로 붙잡으면
새로운 창조가 시작한다네
우리네 열정과 희망이 있는 한
나에게 주어진 오늘의 삶을 감사하며
한 걸음 더 나갈 수 있다네

내가 바라본 바다

나는 예전에 바다에서 언제나 저녁이 되면
고개를 들어 서울을 바라보는 습관이 생겨
밤하늘 제주 바다에는 수많은 별들이 하늘을 수놓은
영원한 내 가슴에 사랑으로 빛나고 있는 것 같다네

지금 나는 바다에 대해 잘 모른다네
제주에서 처음 배를 탈 적에 출항하는 설렘은
잠시 오장육부가 뒤틀리고
입 밖으로 밀려 나오는 경험을 했다네

일주일이 되면서 조기 배는 만선이 되어
부두에 입항하면 선원들은 기울이는 소주잔
출렁이는 먼 옛날의 추억을 지나
나는 언제나 알 수 없는 저 수평선 넘어 꿈꾸곤 했다네

나는 언제나 바다를 바라보는 내 모습 되어
저녁이 되면 떠오르는 먼 육지의 불빛들이
언제나 하늘 천국 나라로 여행을 떠난 아내 생각이 나면
뒤따라 떠오르는 두 딸 생각에 부둣가에서 생각에 잠기곤 했다네

마음을 깨우는 편지

그리워서 하늘을 바라보면 천사의 빛들이
내 기도를 들어주는 것만 같다는 생각이 들곤 한다네

제주 한림항 바다는 수많은 이야기를 품고 있어
알 수 없는 수많은 물고기들이 그물에 코 꿰어
올라오는 조기와 잡어들 모습
만선이 되어 돌아갈 항구의 낯선 풍경들
조업을 나갔던 배들을 다 품어주는
엄마의 품 안 모습이었구나

잠시 조업을 나갔던 나의 바다는 언제나 알 수 없고
다만 내가 잠시 아내를 하늘로 여행 보내고
시름에 잠긴 나를 슬픔을 잊게 한 오래된 세월 후
추억에 잠기게 한 제주 바다가 보고 싶구나

축복을 부르는 사람들

마음을 깨우는 편지

사람에게는 저마다
몸에서 풍기는 향기가 있다네

축복과 운이 좋다 할 때
우리 몸에서 생기가 온몸에 퍼져
힘의 흐름이 능력으로 나타난다네

얼굴빛이 환해지고 생기가 돌 때
무슨 일을 해도 잘 풀리고 응답이
다가오는 일마다 축복이 배가 되어 다가온다네

사람의 얼굴에는 항상 미소와 웃음을 머금고
발걸음은 항상 가볍고
힘차게 내뱉는 말은 늘 아름답고
긍정적인 인생 삶이 좋다네

우리 주변에는 사람들이 모이고
건강하게 일할 때 재물이 모이고
사람들이 내 주변에 즐거운 마음으로 모이고
너와 나 행복이 축복으로 다가온다네

꽃향기에 이끌려 발을 멈추다

마음을 깨우는 편지

지금 사람들이 난리가 났다네
봄과 여름 사이 올해도 잊지 않고 찾아와
새벽부터 콧등을 두드리고 있다네

꽃과 녹음이 어우러지는 여름이 시작하며
문틀 사이에서 감미롭게 풀벌레들이 속삭이며
울어대는 소리에 잠 깨어 밖으로 나오라 하네

집 안에서 창가에 서서 남한산성 보고 있으니
쉼 없이 나를 유혹하는 꽃향기와 녹음이
짙어지는 여름 숲속 개울에 발 담그고 쉬고 싶다네

(계간 『시마을문예』 2024년 가을호 수록)

자유로운 삶의 노래

너와 나는 산하의 야생화를 노래로 표현했네
들에 핀 꽃 산과 들 나무와 언덕
오랜 시간 자정의 능력 봄과 여름으로
다가온 현실에서 뻗어나가는
성장 기운을 보라
인체에 에너지를 전달하며
무한한 사유의 지평을 확장하는 데
힘을 다 준다네

지구촌에 흐르는 자연과 에너지
인간 세계에 전하는 진리 중 하나는
파노라마처럼 펼쳐지는 자연의 풍경
지구촌 자연이 주는 아름다운 에너지
사계이네

자연의 풍경이 주는 맑은 시각
자칫 놓치기 쉬운 흐름은 마음에 담아
성찰의 시간 흐름을 이어주는
관계의 역할이라네

마음을 깨우는 편지

너와 나의 주변에 소소한 일상을

다정하게 이야기하듯

마음의 화폭에 담는 영혼이 잘됨같이

신께서 주신 선물 서정의 자유로운

삶의 노래이기도 하다네

(계간 『시마을문예』 2024년 가을호 수록)

꼭 필요한 것을 갖춘 사람

우리들의 가치관이 통하는 시대에 살고 있다네

요나의 가치를 살리기 위해 공기 같은
인간이 되어야 한다네

마음을 깨우는 편지

인간은 깃털처럼 가볍고 어떠한 곳에서도
스며들 수 있는 사람이어야 한다네

너와 나는 누구나 꼭 필요한 것을 갖추고 있는
사람이 되어야 한다네

너와 나는 어디서든 생명을 살리는
존재가 되어야 한다네

상대에게 성내지 않고 겸손한 사람이
오른손이 하는 일 왼손이 모르게 이웃을
돕는 사람이 행복한 사람이 나 자신의
가치관을 세우는 사람이라네

너와 내가 사는 세상 공기 같은
사람이 되어야 한다네

(계간 『시마을문예』 2024년 가을호 수록)

뿌리 깊은 믿음

우리는 느끼든 안 느끼든 믿는다네

우리는 보이든 안 보이든 신뢰한다네

우리는 믿음의 감정보다 뿌리가 깊은 삶의 기반 위에 서 있다네

우리 감정은 전부가 아니라

우리 감정은 부분이라 말할 수 있다네

우리 감정은 상황에 따라 시시각각 변할 수가 있다네

우리 감정보다 중요한 것은

우리 영혼의 유일신의 진리 안의 믿음인 것이라네

우리 인간관계에서 중요한 것은

감정이 아니라 우리 믿음 안에서 사랑한다는 사실인 것이라네

우리 믿음은 사실에 근거해야 한다네

우리 삶을 이끌고 나가는 것은 믿음이라네

우리 시선은 약속에 맞추어져야 한다네

우리가 사는 지금 보이지 않고 느낌이 없어도

믿음을 갖고 길과 진리 위에 첫 발걸음을 힘차게 내디뎌야

깊은 믿음으로 들어갈 수 있다네

성품을 변화시키는 용서

용서란 나를 용서한 것같이

다른 이들의 잘못을 너그럽게 살펴

이해하는 것이네

용서는 나의 삶을 더 아름답게 만들어 준다네

우리는 이제 죄인의 종이 아니라

보다 훨씬 더 귀한 존재라네

우리를 사랑하는 형제자매 친구로 대해 달라 하네

그대가 나를 친구로 생각하거든 나를 맞이하듯

그를 반갑게 맞아주길 바란다네

마음을 깨우는 편지

우리가 지은 죄는 용서받기 힘든 것이라네

우리가 우리에게 빚진 모든 사람을 용서한다는 것이네

우리 죄도 용서받고

우리를 시험에 빠지게 한 자를 먼저 용서하고

우리는 다른 이 잘못을 너그럽게 살펴

이해하는 것이 참 용서라 하네

오늘날 빠르게 세상을 변혁시키는

가장 큰 원동력은

이해와 용서라 한다네

(계간 『시마을문예』 2024년 가을호 수록)

이전의 삶과 지금의 삶

마음을 깨우는 편지

자아 중심에서 진리의 중심으로
옮겨가는 중심이라네
과거를 지나 역사의 삶 위에 새로운
현대 중심축이 이동하는 것이라네

우리 중심 이동은 가치관의 변화
사고방식의 변화 속사람의 변화라네
옛사람이 죽어야
새로운 삶을 반복할 수 없어야 한다네

우리는 새로운 방식으로 나아가야
우리 외적인 삶을 바꾸기 위해
우리의 근본적인 변화를 위해서
지금의 삶을 살아가야 된다네

(계간 『시마을문예』 2024년 가을호 수록)

하늘과 땅의 마음 삶

마음을 깨우는 편지

사람의 몸은 지구와 같은 곳이 많습니다.
지구촌에는 오대양 육대주가 있듯이
우리 몸에는 오장육부가 있습니다.

지구촌에는 산맥과 강줄기와 들판이 있듯이
사람의 몸에도 골격의 뼈와 혈관과 살이 있습니다.
지구에는 나무와 풀이 있듯이
우리 두상의 머리카락과 몸에는 잔털이 있습니다.

우주 공간에는 태양과 달이를 지구를 비추듯이
우리 몸에는 두 눈이 있고
하늘에는 별들이 반짝이듯이
우리 육체에는 정신이 반짝이고 있습니다.

우리 마음도 하늘을 닮아
한없이 광대하고
넓어질 수가 있습니다.

(계간 『시마을문예』 2024년 가을호 수록)

여름밤의 반짝이는 별

여름이 시작되는 7월

무더운 날씨를 피해 잠시 일상에서 벗어나고픈 마음

간절해진 여름휴가가 손꼽아 기다려지네

여름이 시작되는 지금 마음까지 설레게 하는

하늘의 별과 계곡에서 흐르는 시냇물
동·서·남해 바다에서 우리를 부르는 소리
두근두근 설레게 하는 심장 소리

평범한 일상에서 벗어나
서로 다른 생활에서 함께하는 어색함도 잠시
숲과 바다 하늘엔 별똥이 쏟아지는 사이로 오가며
자연과 함께 추억을 만드는 여정 속에서
서로를 이해하는 공감의 시간을 보내고 싶다네

함께해서 더 좋은 여름날의 여행
가족이라는 의미를 일깨워 주는 아름다운 휴가철
장마가 시작되는 지금 근심보다는 설렘이 더 큰
피서철 시작이라네

여름 피서 떠나는 날 밤하늘 반짝이는 별
여름 풍경 아름답게 담아 함께 여름 피서 기다리며
가족의 행복 오늘만 같아라
해 밝은 날이었으면 좋겠네

(계간 『시마을문예』 2024년 가을호 수록)

Part 3

사랑으로
전하는

세 번째
편지

뜨거운 여름날

행복한 마음 소리 내어 웃던 모습
햇살이 뜨거워질 때 난 행복하다네

물놀이하던 곳에
흰 고무신 배 만들어 개울가에 띄어놓고
신나게 놀다가 고무신 신고
나는 집으로 돌아간다

여름이 오는 뜨거운 날
온갖 껍질 주워 시냇가 소나무 가지 끝에서 떨어진
솔방울 갖고 놀던 어릴 적 기억이
생생하게 난다네

마음을 깨우는 편지

인간미가 담겨 있는 행복

행복한 공동체는 아무 조건 없이
문학과 나눔이라는 선한 뜻으로
사람과 사람을 이어주는 좋은 관계
삶의 행복을 만들어주고 활력과 즐거움을 선물하고
사람이 추구하는 선한 영향력을 채워주기 때문이네

사람이 모인 곳은 생각의 향기만큼
늘 편안하고 즐거운 좋은 공간이네
사람이 걸어온 발자취 속에는 향기가 담겨 있어
이념과 정신을 담아 행복한 삶의 공동체를 만들어
오롯이 인간미가 담겨 있어야 한다네

울퉁불퉁한 내 마음

매끈하고 아름다운 사랑의 서사시
우리들 앞에 불편한 사랑의 모양들을
끄집어내는 이가 등장했다네

사랑과 증오는 종이 한 장 차이네
서로를 무척 사랑하지만 미워하기도 하고
사랑하기도 한다네

사람 사는 사회는 사랑과 증오가 뒤엉켜
소중한 사람 때문에 내 자신의 인생이 더 망가져버려도
시간이 흘러 다시 사랑하고 고통을 감내한다네

어쩌면 우리는 전부터 알고 있었네
사람은 결함 없는 사람은 이 세상에
존재하지 않는다는 것을 알 것이네

우리는 진정한 인생의 의미를 깨닫게 된다네
사랑하기 좋은 여름의 끝자락
깊은 여운을 찾아보았으면 좋겠네

우리 마음이 옥토가 되면
인생은 튼튼해진다네

매일 밤 책 한 권을 읽다 보면 한 문장이
내 인생을 바꾸어 놓았습니다.
책을 읽다 보면 무심코 한 줄의 문장이 읽고 있던 나를 깨우고
심장을 뛰게 할 때가 있었습니다.
그리고 그 순간들이 모여 지금의 나를 만들어 놓았다고 생각합
니다.

벌써 인생의 중년을 지나 노년으로 마주한 우리들은 어떠할까.
세월이 흐르는 지금의 친구들과 가볍지 않은 관계도
방향을 찾기가 그리 쉽지 않을 것입니다.

우리 중년의 각자 고민을 안고 힘들어하는
노년층들의 삶이 긍정으로 바뀔 순간이
바로 우리가 읽어야 할 책 한 권이 되었으면 좋겠습니다.

마음을 깨우는 편지

정년을 퇴임한 중년들이 해야 할 일은
영혼을 달래주는 인문 사회 도서를 읽는 성숙한 삶이 익어가는
가장 아름답고 요나를 사랑하는 성숙한 멘토로
2막의 삶이었으면 좋겠습니다.

나이가 들면 자존감, 관계, 꿈, 가치관,
지성에 관한 빛나는 문장들을
너와 내가 들려주는 달달한 품격 있는 언어들에
가득 채워진 진리를 공유했으면 좋겠습니다.

우리 중년에게 닮은 책이면 충분합니다.
영혼의 양식을 맛나게 읽고 새겨 쓴 문장들이
어느새 다정하게 다가와 품격을 높여주고 유지하는 지금
멈추지 말고 앞으로 나아가 가장 반짝이는 오늘
꼭 만났으면 좋겠습니다.

둥지

마음을 깨우는 편지

새들은 둥지를 한 칸으로 짓는다네
새들의 집 둥지를 보며
섬세한 건축 양식을 보고 놀란 적이 있다네
어떤 새들의 집 허술해 보이는 둥지도 있다네
얼마나 정성을 들여 짓느냐의 차이라네.

새들의 집도 월세가 있고 전세도 있을 것이네
잘 지은 집도 있을 것이며 작은 집도 있을 것이네
지구촌에 살고 있는 새들이 짓는 집은
모두 단칸방이네

새들의 둥지는 단칸방으로 이루어졌다네
세상의 모든 새집은 단칸방 둥지라네
새들의 몸집은 달라도 둥지의 크기는
날개를 접은 채 들어갈 만하게 집을 완벽하게 짓는다네

애틋한 사랑을 품고

하얀 뭉게구름 피어 하늘을 수놓은 팔월 끝자락 아침에
연못 뚝방길 옆 배롱나무 붉은 꽃내음이 난다네.
삼복더위 무더운 여름이 지나면서 자연의 선물로 준 꽃이
지금으로부터 백 일 동안 필 것이라고
우리에게 귀띔해 준다네.

한여름 습하고 끈적한 바람이 지나가는 지금
자리마다 삼복더위를 몸소 받아내는 시원한 웃음소리
한여름 내내 피는 꽃의 속삭임이 즐거워 보이네.

마음을 깨우는 편지

애틋한 사랑 사연을 품고 산들바람에 하늘거리며
이내 가슴에 기대어 피어나는 웃음꽃은 누구의 마음인가?

처서가 지나 가을 문턱에서 시원한 바람이 불어와
우리 동네 독조봉 높이를 비켜 가는
구름 한 조각 꽃술에 곱게 물들어
많은 이들의 마음에 흘러가 적시고 있다네.

너와 나의 세상살이 어둡고 괴로울 때마다
너를 향한 이내 마음이 살아가는 경계를 허물고
태양도 낮은 숨소리로 채워지는 세월의 주름 꽃이 피었네.

우리는 지금 혼탁한 세상을 밝은 세상 만들기 위해
한 꽃다발 배롱나무 붉은 가슴을 만진다네.
그래도 우리 마음과 마음을 이어주는 간지처럼
사이에서 피어나는 꽃길을 거리에 꽃등 달고
환하게 길 밝히는 사람들 마음의 꽃을 보라 하네.

사람의 품격을 보라

영혼이 맑은 사람을 만나면 평안합니다.
세상에서 사람의 품격이 얼마나 중요한지를
영혼이 맑아서 밖으로 내비치는 순결함은
본연의 향기와 그 사람만이 풍기는 품격은
그 향을 맡아본 사람만이 알게 됩니다.

자연의 꽃에 향기가 있듯이
사람에게는 품격의 향기가 있습니다.
모든 꽃이 싱그러울 때 향기가 신선하듯
사람도 영혼의 마음이 맑고 투명할 때
품격의 향기가 고상하게 퍼져 나갑니다.
시든 꽃은 잡초보다 못한 것입니다.

가을은 결실의 계절

마음을 깨우는 편지

무더운 여름을 뒤로하고
선선한 바람이 불기 시작했네요
낮에는 여전히 뜨거운 햇빛을 마주하지만
아침과 저녁에는 내 이마에 시원함이 느껴집니다

가을이 선뜻 다가온 것만 같아요
가을이 왔다는 것은
천고마비의 계절을 맞이한다는 뜻이겠지요

무엇을 고민하십니까?
지금 서둘러 시작해 보세요
나의 주변에서부터 세계를 보는 눈까지
개인 취향을 담아 자유롭게 표현하는 방식은 재미가 있어요

나만의 감각을 통해 취향을 찾아가는
값진 기회가 될 수도 있어
순수한 사랑에 대해 기쁨을 오롯이 전하는
가을 동화의 계절에 시간을 가져보세요

좋은 열매의 계절에 바라는 것들의 실상에
심고 땀 흘리고 가꾸어서 마음의 곳간에
삼십 배 육십 배 백 배의 결실을 마음껏
사랑 담아 누려보세요

삶 속에서 불평도 습관이네

감사하는 것도 습관이라네
결국 불평하는 것도 습관이며
수다와 잔소리도 습관이라네

항상 감사하며 사는 사람은
주어진 환경에 크게 불평할 일도
감사할 뿐이라네

일상생활 속에서 감사할 일에도
작은 불평을 하고 항상 불평거리를 찾아
주변 사람들에게 감사보다는
불평을 늘어놓는 사람과는 멀리해야 한다네

마음을 깨우는 편지

우리들은 어떻게 살 것인가

나날이 빠르게 변해가는 세상에서
어른은 어른대로 아이는 아이대로
할 일이 너무나 많다네

어쩌면 어른도 아이도 함께
살아가고 성장하며
서로를 돌아봐야 하는 게 맞다 하네

그대들 어떻게 살 것인가
안전한 세계를 만들고자 하는 환상의 계획과
시간과 마음이 이어주는 한 점을 보라네

지나온 삶을 돌아보며

기쁨이란 누구나 가질 수 있는 것이라네
기쁨을 주는 사람만이 더 많은 기쁨을 줄 수 있다 하네

아기의 웃음소리가 담장 넘어 들리면
이웃 사람들도 마음에 전달되어 행복한 웃음 짓네
우리는 누구나 기쁘게 할 수도 있고
슬프게 할 수도 화가 나게 할 수도 있는데
사람에게서 기쁘게 하는 것만큼
행복해지는 일은 없다네

기쁨은 조건이 아니라
일상에서 늘 함께 나누며 슬픈 일도 화난 일도
행복한 웃음 속에 묻혀 살아가는 것이 일상이라네

우리 삶을 돌아보면 기쁨을 나눈 사람들은
기분 좋은 말을 하고 배려하고 이해하며
더불어 살아가는 것을 몸소 실천하는
이웃 사람들이라네

마음을 깨우는 편지

높고 푸른 하늘

마음을 깨우는 편지

오늘도 고요한 새벽을 맞이한다네
아름답고 행복한 하루가 시작한다네
요즘은 하루가 짧은지
시간도 빨리 가고 하루하루가 온 천지를
황금물결 채색으로 갈아입기 시작한 가을
서늘한 계절이라네

가을은 사람 마음을
풍성하게 만든다네
춥기 전에 할 일은 많고
갈 곳도 많고 하고 싶은 것도 많아진다네

가을에 좋은 추억도 만들고 싶고
나이가 들수록 세월은 더 빨리 가는 것 같다네
가을은 각종 모임 찾아다니고
높고 푸른 하늘 햇빛 받으며
멋진 추억 만들 수 있는
행복한 사랑 가득한 날 만들어 간다네

(『청일문학』 제18호 수록)

발견하는 인생길

마음을 깨우는 편지

인생은 정해진 틀대로 사는 것이라네
삶은 짜여진 형태로 존재하는 것이 아니라
생활은 참 나의 목소리를 따라 스스로 발견하는 것이라네

세상에는 행복과 성공에 대한
온갖 좋은 말들이 넘쳐나지만
그것은 다른 사람들의 말일뿐
남의 생각을 제시한 답에 맞추어
스스로 묻고 선택하고 최선을 다하며
자신의 삶의 주인으로 살아야 한다네

나를 찾은 삶의 의미와 목적을 향해
생명과 힘의 에너지를 마음껏 쏟아부어
내 인생을 발견하는 것이라네

(『청일문학』 제18호 수록)

꽃길이 따로 있나

마음을 깨우는 편지

고요히 나를 위해 지키는 삶을 위한

요나를 소모하지 않고는 바른 태도에 관하여

선택할 수는 없어도 행동은 선택할 수 있다네

언제까지 남의 눈치를 보며 살아가야 하는가

우리는 다른 사람을 위해 살아가고 있는가

우리 인생 후반을 따뜻하게 감싸줄

햇볕 같은 꽃길이 따로 있나

내 삶을 살아가는 것이 꽃길인 것을

(『청일문학』 제18호 수록)

삶의 외풍과 상처

사람 마음이 단단해진다는 것은
마음의 상처에 더해 육신의 상처를 치유해
딱정이가 앉은 것을 말한다네
마음이 든든해지거나 몸이 튼튼하다는 의미와 비슷하나
뜻은 다른 것이라네

우리 몸의 단단한 것 이상
이 상처가 깊은 것은 그 이유가 있다네
우리가 단단해지기 위해 스스로 상처를 껴안은 채 몸부림치거나
그 상처 속에서 다시 소생하는 마음의 심리적 결단을
보여주기 때문이라네

너와 나 누구를 막론하고 나무이든 짐승이든 사람이든
서로가 어깨를 내어주며 약한 것을 안아주며
단단해지는 의지가 된다네
삶의 무게가 가벼워질수록 사람은 늙고 쇠약해지며
나무나 짐승도 나이가 들면 고사하게 마련이네

마음을 깨우는 편지

사람의 마음이 단단해지는 것은
사실상 외풍과 상처가 깊다는 것이네
길을 걷다 보면 왜소하고 굳은 사람을 보게 되네
산속에서 비틀어지고 낮은 고목을 지탱하는 길과 숲을 보라
어깨를 나란히 힘을 실어 서로가 서로를 기대어 있다네

숲은 사람의 집터이고 나무의 집터이네
오랫동안 울창하게 숲과 그늘을 키운 고목의 힘으로
숲을 지탱하고 있다네

사람도 오랜 세월을 지나면 쇠약해지며
힘없이 비틀거리다가 자주 헛발을 딛고 쓰러지곤 해
지팡이와 유모차를 의지해 걸음을 옮겨주고
기댈 수 있는 사람의 어깨가
늘 곁을 지켜주고 있다네

아름다운 웃음꽃

사람의 모습에서 눈과 입가에 피어나는 꽃으로 기억되는 것은
나와 너의 주고받는 사람의 겸손한 언어로
비롯되는 웃음의 간극에서 고되고 힘든 삶이 나를 위로해
즐겁게 하여 웃음꽃으로 이루어진다네

사람들의 웃음은 힘들고 우울한 사람들에게
필요한 최상의 에너지
행복을 주는 웃음이 없다면
우리 삶의 목적이 사라지게 된다네

아름다운 연인을 바라보고 밝게 웃는 것은
이성을 마음에 받아들이는 웃음이고
시의적절하게 표현하는 아름다운 미소와 웃음으로
사랑을 표현한다네

해맑은 웃음에는 에너지가 있어
앞 사람이 웃으면 저절로 따라
웃음꽃이 현실로 분위기가 밝힌다네

삶 속에 웃음꽃이 되어 인간의 웃음이 향기로 기억되는 것은
내 앞에서 웃고 있는 웃는 얼굴에서 행복을 발견하고
나를 즐겁게 해 주는 힘이 무리 속에 있다는 것을 알게 해 주어
행복의 힘이 된다네

세상은 아름답게 보이는 천국

아름다운 마음들이여
님의 향기에 세상이 행복해진다네

자연은 겸손한 사람을 머물게 하고
칭찬한 말 한마디에 공간을 행복하게 하고
공간이 편안함은 사람을 따르게 하고
깊은 속정은 사람을 감동케 한다네

사려 깊은 친구는 주변 말을 할 땐
자신의 말처럼 신중하고 신중히
조심해야 한다네

귀가 얇은 사람은 그 입도 가볍고
마음이 깊은 사람은 듣는 귀가 무거워
그 입도 무겁다네

잘못을 털려 하면 문제없는 이 없고
부족함을 덮으려 하면 못 덮을 일 없고
상대 눈에 티를 빼려 하면 힘들어지고
요나의 들보를 먼저 제거하면
순간이 밝아진다네

자연을 밉게 보면 풀이 아닌 잡초가 되고
사람을 곱게 보면 자연을 닮아 꽃처럼
아름답게 보이니 세상이 천국으로 보인다네

내 마음을 들여다보라네

나를 알고자 하거든
남을 주의해 보라
남을 알고자 하면
나의 마음을 성찰해 보라
또 다른 사람에게서
보이는 내가 있다네

다른 이가 나를 보는 눈이며 태도에
요나의 현재가 보인다네
다른 이가 언어나 행동을 보며
나의 태도와 행동을 되짚어보기도 한다네

그들과 나를
같은 중심에 놓고 바라봄은
결국 생각하는 태도나 행동이
비슷비슷하기 때문이라네

쓸모 있는 사람

나를 보고 쓸모 있는 사람이 되라고 말한다네
요나를 쓸모 있는 생각 하다 깨달음은
티끌만 못함을 알게 된 것이라네
어디선가 나를 쓸모 있는 사람이라 하고
누군가에게는 쓸모가 없는 사람이라 한다네

반드시 쓸모가 있어야 한다는 생각으로
나에게 강박을 줄 필요는 없다네

마음을 깨우는 편지

내가 임무에 집중하고 충실할 때
나도 모르는 사이에 나는 쓸모 있는 사람이 되어 있다네
쓸모를 위해 만든 물건은 반드시 언젠가는
사용할 사람이 찾는 쓸모 있는 대상은
내게 꼭 필요한 선물이라네

두서없이 매일 일만 한다고 늘 핀잔을 들으며 살면
제대로 된 주인이 찾아와 물건을 찾으면
쓸모없는 물건을 내놓게 된다네

주께서 찾아와 일꾼을 찾으시면
쓸모 있는 영혼을 찾아주는 것도
일꾼이 해야 하는 것도 순종이란 생각이 든다네

우리는 이해할 수 없는 것을 이해하려면
영혼이 잘됨같이 범사에 깨달은 일에 몰두하면
오늘의 쓸모 있는 영혼의 사람이 되어 있다네

우리 인생 문제 앞에서

우리네 인생은 문제의 연속이라네
문제없는 곳은 세상 어디에도 없다네

우리 믿음의 영혼은 걱정할 것이 없다네
아무리 어렵고 힘들어도 믿음 안에서
힘 있게 길을 개척해 나가야 한다네

우리는 스스로 목적을 하나님 앞에서
창조할 수 있어야 한다네
주님의 능력과 힘이 우리 안에 있다네

인생에서 만나는 시험 문제들은
진정한 깨달음 위해 마련된 속세임을
알아야 한다네

세상에서 주는 시험을 극복할 때
어두움에서 빛으로 나올 때
나는 반석에 올라설 수 있다네

우리는 계속 회개하고 깨우치고 또

회개하며 나아갈 때 매 순간

깨달음의 연속 이어진다네

Part 4

지혜로
써 내려간

네 번째
편지

겸손이 더 아름답다네

마음을 깨우는 편지

잡초가 무성한 곳엔
사람들이 모여들지 않는다네

아는 척하는 교만보다
겸손함이 더 아름답다네

주변 사람들을 가깝게 하는 이는
마음에 머물게 하는 힘은
마음을 상대에게 전해 주는 것이라네

사람의 몸에서 흙 내음이 나면
마음속 사랑을 심고 믿음을 주고 소망의 열매를
삼십 배 육십 배 백 배의 결실을 거둔다네

잡초가 무성한 곳엔 가족이 없고
이웃이 없고 친구가 없는 외로운 삶을
어쩌면 스스로 만든 고집과 아집 그리고 트집 때문에
외로운 흑암 속으로 들어가게 된 것이라네
우리 삶은 성찰의 시간이 꼭 필요하다네

진실하면 통한다네

우리는 진실하고 순수하면
누구와도 통할 수 있다네

너와 나 우리를 이어주는 것은
이론과 지식이 아니라네

진실함과 순수함이
우리를 통하게 하고
너와 나를 하나로 묶어준다네

마음을 깨우는 편지

연약해 보이는 힘

연약한 듯 어린 새싹으로 보이지만
이치에 맞는 행동과
지혜를 가진 여린 이들에게서
나오는 것이 힘이라네

여린 다수의 힘을 이길
그 어떤 강한 것은 없다네
겉으로 보기에는 무척 연약해 보여도
보이는 모든 것이 바로 힘이라네

달력

마음을 깨우는 편지

세상 모든 사람이 설렘을 모아 삶을 노래하던
지난날 오늘에 서서 달력 속 시골 풍경
눈 덮인 초가집 어릴 적 추억이 남아 있네

마지막 달 12월 종이에 박힌 숫자 앞에서
망설임 하다가 작정하고 멈추어 서서
11월 달력을 넘기고 12월 달력을 보며
올해도 이별의 시간이 한 달 남았네

새해 달력을 받아 들고 흔히들 기억할 날짜에
동그라미 치고 지난 시간을 되돌려 기억하려는 것은
또 다른 지난 한 해 달력을 마음에 걸어 놓는다네

날짜를 채워야 의무가 완성되는 달력
멈추어선 날짜를 볼 때 넘기지 않아도
차곡차곡 쌓이는 우리네 삶의 층계

벽에 걸린 달력은 사라져도
마음속 달력은 차곡차곡 쌓여
우리네 나이가 달력의 숫자이네

힘들 때 희망이 필요하다네

마음을 깨우는 편지

추울 때는 따뜻한 물이 필요하듯
힘들 때는 위로의 말과 희망이 필요하다네
상황이 힘들고 어렵다고 계속 상기하면
절망은 더욱 커질 것이라네

아무리 큰 장벽이 앞에 놓여 있어도
희망이 있다면 지혜롭게 극복할 수 있지만
희망이 없으면 작은 장애물도
산처럼 높아 보인다네

우리는 힘들고 어려울수록
스스로 나에게 희망을 주어야
선택할 때
절망이 사라지게 된다네

너의 별과 나의 별

너의 별과 나의 별
수많은 별들의 고향
별똥별 바라보며
마음 모아 두 손 들고
기도가 밤하늘 피어오르네

구수하게 마당 복판에
모닥불 피어놓고
감자 몇 알이 익어가는데
툇마루 걸터앉아
별을 세어보는 남녘 하늘

때늦은 겨울산 보려고
자리 지키던 북극성은
나침판에 걸렸는데
숨바꼭질하던 친구들
어디쯤 오고 있을까

마음을 깨우는 편지

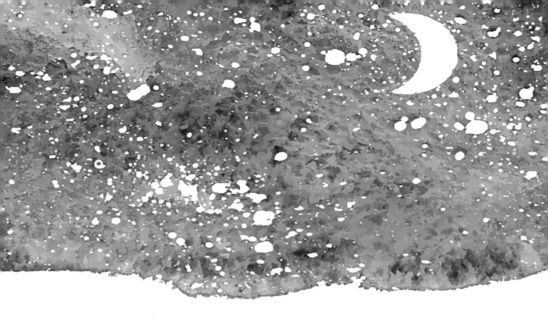

뒷동산에서 친구 기다리다
이슬에 젖어
옛 시절 찾은 시냇가에
반딧불이 홀로
어둠 새벽 밝히고 있네

삶의 가치

마음을 깨우는 편지

당신은 법과 일치하는 삶을 살라 하네
우리는 아직도 어리석은 행동과
게으름의 실수와 후회 정도로 생각하며
머물러 있고
그저 양심이 불편하고 찔림이 있어도
잘못된 삶을 뉘우치고 고백하는 것이 아니라
속세를 더 사랑한다네

진정한 돌이킴은 삶을 인정하고
변화된 진리로 나아가는 것이
삶에 합당한 전인적인 변화를
인정한다네

자기 성찰은 이전까지 자신의 존재를
규정하고 속세의 가치가 지배하던
삶의 방식을 버리고
새로운 세계를 거룩한 소망과 믿음 안에서
만남이 이루어져야 한다네

지금 행복해지세요

밝으면 불을 켤 필요가 없습니다.
불은 안 보일 때 켜는 것입니다.

어두워져도 등불은 저절로 켜지지 않습니다.
불은 기다려도 환하게 비출 때까지 기다리지 마세요.
집 안이 어둡다면 지금 불을 켜서 밝히세요.

마음이 어둡고 불행하다고 생각되면
지금 행복해지려면 기다리지 마세요.
행복한 사람이 생길 때까지 기다리지 마세요.
지난 것도 미래도 아닌 지금 행복해지세요.

새해

한 해를 시작하는 지혜와 지식은
받아들임으로 성장하지만
베푸는 마음은 내어주는 것으로
시작한다네

우리가 살아가는 지금 세상은
온통 사랑에 목말라하고 있지만
그 사랑을 채울 수 있는 방법은
오직 하나뿐
내어주는 사랑을 소유하는 것이라네

마음을 깨우는 편지

오직 우리에게
선물로 주어진 사랑은 나눔이라
그 사랑은 자연스럽고
자발적으로 다룬 그 사랑
오른손이 하는 일 왼손이 몰라야 한다네

베푸는 마음의 문이 열리고
육신의 호주머니도 열리게 되면
나눔은 주는 것이고
마음을 나누는 것이라네

올 한 해는 주면 줄수록
나누면 나눌수록 넉넉하고 풍성해지는
새해 되었으면 좋겠네
받으려고 하는 사람은
곧 배가 차올라 시들해진다네

믿음을 소유한 마음은 깊은 샘물과 같아서
퍼낼수록 신의 사랑 받으며
더 풍성한 재물이 맑게 고이게 되어
이웃 사람들에게 마음을 내어주고
닫힌 삶에서 활짝 열리는 깊고도 맑은 삶으로
사랑 실천 한 해 되었으면 한다네

눈 덮인 산을 보라

마음을 깨우는 편지

한겨울 산 어두운 숲속 안에
햇살이 비친 눈밭이 반사되어 빛이 되고
산속 나무 사이로 하얀 옷 입혀 나무뿌리 얼지 않게
내년 봄을 기다리며 동면에 드네

하얀 습설이 물 가득 머금고 하늘에서 내려앉아
온갖 나무들은 폭탄을 맞은 듯 허리가 부러지고
가지가 찢기고 밑동째 뽑혀 쓰러진 모습이
전쟁터를 연상케 한다네

산등성이에는 차가운 칼바람으로 흔들리는 겨울산
눈빛 노을 무지갯빛으로 속삭이는 은밀한 숲
겨울잠 자는 흔들어 깨우는
새로운 봄을 귀띔해 준다네

깊은 산굽이 매몰찬 동장군을 이겨내고
우리들의 봄날을 준비하는 나무들
겸손히 봄을 준비하는
눈 덮인 산을 보라

행복한 웃음을 가르쳐 주소서

올해는 저희에게 웃음을 가르쳐 주소서
백성의 눈물 또한 잊지 않게 하소서
삶의 어려움 속에서도 마음 깊이
울려 나오는 기쁨을 회복하게 하소서
우리 삶을 바라보는 믿음의 선택에서
시작되게 하소서

백성들을 자유의 벼랑 끝에서 밀어내지 마시고
시험케 마시고
좌절의 나락 끝으로 몰아가지 마시고
백성들 안에 숨겨진 믿음과 소망을 주신
대한민국 자유로운 날개를 발견케 하소서

우리 백성들 벼랑 끝에 선 순간 믿음과 소망
그리고 사랑을 바라는 사람들 절망을 딛고
비상할 수 있게 하소서
비상의 기쁨만큼 타인의 고통과 아픔 속에
공감하는 마음을 갖게 하소서

자유를 갈망하는 백성들의 기쁨과 환희의 눈물
절규하는 삶을 통해 마음을 넓히시고
신의 깊은 사랑과 자유로운 세계 행복의 길로
인도하심을 깊이 깨닫게 하소서

백성들이 혼란에 빠지면

국가가 혼란에 빠지면 사람들은
중심을 잃고 우왕좌왕하며 좁은 길을 찾지 못하고
수렁으로 빠져들게 됩니다.

사회가 혼란하고 힘들 때 어떠한 일이 있어도
믿음을 소유한 사람들은 성경 속 진리 안으로 걸어 들어가
골방에서 일터에서 기도하며 길을 간구해야 합니다.

세상 사람들은 혼란에 빠지면
제 갈 길 찾아 뿔뿔이 흩어져 혼비백산하여
다들 안전한 곳으로 숨어들어 조용할 때를 기다리게 됩니다.

사람의 힘으로 문제를 해결하려고 노력하지만
오히려 미궁에 빠지게 되며
더 힘들게 됩니다.

우리 백성들과 성도들은 문제가 생기면 더 강해지고
삶 속에서 문제를 만날 때마다 성경을 찾아
진리 속으로 들어가 신께 기도하며

마음을 깨우는 편지

국가의 흥망성쇠를 구하며 미스바 광장으로 나가
식음을 전폐하고 주야로 기도하는
백성들이 되어야 합니다.

혹 기도를 해도 회복될 기미가 보이지 않아도
바라는 것들의 실상이요
보지 못한 것들의 실상이라고 말씀하셨습니다.

성경을 붙들고 기도하면 승리요
기도를 포기해 놓으면 패배하는 것입니다.
백성들은 성경을 찾아 읽고 기도하면 꼭 승리합니다.

성경은 이 땅에서 영원합니다.
대한민국은 성경의 토대에서
다시 태어난 나라입니다.

영원한 성경 말씀을 붙들고 절망을 뛰어넘어
칠흑 같은 어두움 속에서 여명은 분명 백성들을 향해
소망이 여러분들에게 비쳐올 것입니다.

희망은 꿈속에서 피어난다

마음을 깨우는 편지

자기를 희생할 줄 아는 사람이
성공할 수 있다네

위대한 사람들을 보라
그들이 걸어온 길은 고난과
자기 희생 길이라네

자신의 편안함을 뒤로하고
고난 속에서도 희생의 길을 선택한
사람들의 삶은 오늘날 우리에게도
큰 귀감이 된다네

어려운 사람들을 위해 베풀면서도
힘들고 어려운 집안을 지켜온
사람들의 귀감이라
우리는 과연 어떤 결단을 내릴 수 있을까

(『문학예술』 수록)

꼭 안아주고 싶다

마음을 깨우는 편지

당신 차가워진 마음 내 온기로 품어
따뜻할 수 있게 안아주고 싶다.

그대의 깊은 마음을 알 수는 없고
이해할 수도 없지만
당신을 꼭 품어 안아주고 싶다.

그대의 마음이 저리게 온몸이 부서지게
그렇게 꼭 안아주고 싶다.
아무 말 하지 않아도 그대가 좋다.

그저 내가 그대를 가슴에 품에 안아
잠시 마음과 마음이 교감할 때
상대에게 맡겨놓으면 편해진다네.

우리네 인생이란

인생이란 지금 살아가는 게 인생이라네
내가 나를 사랑하며 이웃과 마음 맞추고
발과 손을 맞추고 어울려 사는 것이
인생이라네

세상에서 나보다 못한 사람들을 짓밟고서 올라서지 말고
나보다 잘난 사람 시기하지 말고
세상을 질투하지 말고 살아가려 한다네

우리네 인생살이 아등바등 매달려 끌려가지 말고
내 옆에 남아있는 사람 배려하고
어떠한 일이 있어도 내 옆에 있는 무리들과 함께
길을 걸어간다네

계절은 우리와 상관없이 지나가고
우리가 세월을 멀리하지 않아도 우리가 살아가는
일 년은 금방 지나가고
스치고 떠날 사람은 자연히 멀어지게 된다네

오늘의 친구가 내일에 변해버린 사람을 그리워
탐하지 말고 떠나버린 친구를 붙잡지 말라 하네
한때는 적이고 미웠던 사람 웃으며 다시 만나듯
시간이 지나면 아무 일도 아니라네

우리 주변에 좋아 죽을 만큼 사랑했던 사람도
모른 척 지나치게 될 날이 찾아오기도 하고
함께 공유했던 가까웠던 소식도 사라지고
멀어지는 날이 우리들에게 다가오고 있다네

우리가 서로 존중하고 사랑하고
내 마음 내 시간 상처받으면서
다시 오지 못할 것 같은 시간들을
힘들게 만들 필요는 없다네

우리가 살면서 비바람이 불어 빗물을 뒤집어썼다고
피해 가는 사람들이 많다네
별것도 아닌 일에 가장 슬픈 것을 생각하게 되고
가장 불행한 것도 너무나 늦게 사랑을 깨우치게 된다네

삶과 연결될 때

다만 삶과 연결되면 달라진다.
현실의 경험과 책 속에서 배운 지식이
만나면 앎이 흥미로워진다.

그게 배우는 공부다.
공감하면 궁금해지고
알게 되면 세상이 달라 보인다.

오늘이 모여 역사가 되며
올바른 세상 인식은
세상이 바꾸어진다.

인생의 가장 큰 어려운 시련은
우리가 사는 동안 취업하고 돈을 벌고
집을 짓고 결혼하고 건강을 챙기고
좋은 사람과 잘 지내고 성공과 실패하며 나아간다.

마음을 깨우는 편지

세상과 사람은 싫어지는 순간

찾는 사람들과 함께

책 속에서 나를 발견한다.

우리의 감정

우리의 감정이
결정적 권위가 되어서는 안 된다네

현대인들은 자기감정에 충실한 성향이
자주 드러난다네

감정은 우리 삶에서 중요한 역할을 만들지만
선택과 기준이 될 수는 없다네

우리의 감정은 수시로 변화하지만
그 위에 삶을 세우는 것은 위험하다네

어떠한 상황에서도 우리의 감정이 아니라
진리 안에 지식을 따라야

감정이 몰아칠 때 정신을 붙들고
결론을 내려야 하며

마음을 깨우는 편지

가능한 한 어떠한 일도
행동하지 말아야 한다네

우리가 살면서 불가능한 일도
믿고 나가는 결단이 필요하고

우리의 삶은 감정이 아닌
진리와 지식의 방향으로 맞출 때

온전한 이상의 길
인도를 받을 수 있다네

신의 손에 맡길 때

내 손으로 모든 것을 움켜쥐려 할 때
나에게 남는 것은 하나도 없다네

내 모든 것을 신께 맡길 때 여전히
믿음을 통해 소유하게 된다네

우리 삶은 신께서 주신 선물이라네
실제로 끊임없이 쥔 것을 내 것이라고 주장한다네

내 생각과 욕심 그리고 내 소유를 주장하고 살아갈 때
신께서 우리에게 내려놓으라고 말씀하신다네

우리가 사는 이 세상을 내려놓으면 모두 다 빼앗길 것이라고
유혹하지만
신께서 우리 인간을 통해 내려놓을 때 온전히 너희들 것이라고
약속하신다네

우리가 온전히 내려놓을 때 세상은 나를 비웃고
신께서 믿음을 소유한 자들에게는 믿음의 결단이 필요하다네

우리 마음을 비움은 채우기 위한 조건이 되어
나를 비우면 신으로부터 채워 주시는 삶을 살아가게 된다네

우리 자신의 욕심을 비우면 신의 뜻에 맞추어 살아갈 때
신께서 우리를 축복의 통로로 인도하게 되고

선한 영향력을 사람들을 통해서
축복의 땅과 하늘의 빛이 될 것이라네

물은 생명의 근원이라네

지구 땅속에 흐르는 수맥은

살아 움직이네

물은 왔던 길로 증발되어

비로 되돌아 내린다네

깊은 샘을 만들어 가문 토지에

수분을 공급한다네

물은 땅속에 수맥을 만들어

토지를 살리고 산천초목 푸르게 하고

짐승과 사람의 생명을 살리는

역할을 한다네

물은 이전에 지나온 연민도 증오도

품지 않아 그래서

흐르는 낮은 곳들에 순리대로 모인 곳은

깊을수록 푸르다 하네

자신을 정화시켜 걸러내고

낮은 곳으로 더 낮은 곳으로

스며들어 샘이 된다네

물은 삼라만상 하늘과 공간

그리고 땅속 생명의 근원이며
시들어 가는 생명을 소생시키는
근원의 물이라네

물은 뒤로 흐르지 않아
거슬러 오르지 않고
낮은 곳으로 순리대로 흘러가는
생명수를 보라
흐르는 물이 고여 있다면
갈 길을 찾아 모여드는 물 앞에
장애가 가로막아 있다고 해도
낮은 곳으로 흘러가는 것이 순리며
물에게 배우는 참 진리라네

소중한 안부 전해보라

문득 그리움이 몸속에 파고드네
떠오르는 벗과 인연들에게 소중한 안부를
마음을 담아 전해보라.

지금 떠오르는 소중한 인연들에게
나지막한 목소리로 따뜻한 마음을 전하는 안부를
마음속 깊이 가라앉았던 옛 친구 보고 싶은 옛 추억이 그리워
새싹 헤집고 나와 문득 꺼내어 집어 든 펜으로 몇 자 적어본다.
혹한 겨울 추위 속에서 피어나는 동백과 이름 모를 꽃들처럼
희망과 기다림이란 옛 벗과 인연들을 되새겨 본다.

문득 봄이 오는 길목에서 떠오르는 순간 옛 인연이 생각나
작은 안부를 소중한 마음이
겨울 동안 언 땅 위에 내려앉은 봄의 전령사처럼
가슴을 푸근하게 만들어주는 오늘이었으면 좋겠습니다.

Part 5

은혜의 빛을
따라가는

마지막
편지

다섯 가지 오색

마음을 깨우는 편지

천연 빛은 사람의 눈을 멀게 하고
아름다운 소리는 귀를 먹게 하며
맛있는 오색 반찬은 입을 망친다.

애마를 달려서 사냥을 하는 것은
마음을 광분케 하고
행함을 얻기 어려운 재회는
행동에 걸림돌이 있게 한다.

사람은 배를 걱정하지
눈을 위하지 않는다.
그래서 우리는
눈을 피하고 배를 채운다.

빛과 어두움

마음을 깨우는 편지

게으른 사람은 귀가 얇아서
세상에서 그를 유혹하면 쉽게 넘어갑니다.
게으름은 어두움의 강력한 무기입니다.

오늘까지만 함께하고
내일부터 정신을 차리고 제대로 하자라는 말은
게으른 마음을 심어주는 것입니다.

혹 이런 사람은 이런저런 이유로 하기 싫게 만들고
심지어 신을 탓하게 만들기도 합니다.
모든 죄악은 게으름에서 시작되며
마귀는 이기는 방법을 잘 알고 있습니다.

오늘 발견한 진리는 우리가 고쳐야 할 인간관계
결단해야 할 헌신들을 나중으로 미루지 말고
지금 바로 실행해야 깨달은 사람에게 빛이 들어오므로
어두움은 물러가게 됩니다.

신과 나 둘이서

내 마음이 노래할 때까지
단둘이서 신의 말씀을 마음에 선포하고
한 시대 역사 속에서 특별한 사랑을 받았던 사람들은
소원을 가지고 있던 사람들입니다.

믿음의 사람들의 소망은
신을 가까이하는 것입니다.
신을 가까이할 때 우리는 최고의 축복입니다.

모든 상황 속에서 믿음을 가까이하고
성경을 생명으로 선포하고
끝까지 믿음을 의지하고 살아가는 것입니다.

우리는 일 대 일 믿음의 만남을 사모해야
함께해 주실 때
기쁨의 찬양이 흘러나오게 될 것입니다.

찬란한 빛을 보라

마음을 깨우는 편지

인간은 존재론과 절망적 무기력한 상태이네

죄로 인한 비천함이 자신을 무겁게 짓눌렀다네

스스로 자신을 생각하는 한 길 잃은 채로 남아있을 것이네

요나의 죄책감 해결해 보려고

내가 할 수 있는 일은 했지만

노력해도 죄책감은 사라지지 않네

복음을 만나게 되면

어두움에서 찬란한 빛을 보게 된다네

인간은 자신의 힘으로 얻을 수 있는 것은 아주 적을 뿐이네

나는 당신을 만나서

우연과 운명이 만나면
바로 인연입니다.
하늘과 땅이 만나 도움이 되어야
비로소 인연이 되는 부부가 된다네

부부는 같은 곳을 바라보며
검은 머리가 파뿌리가 되면 먼 미래를 향해
여정을 떠나는 나그네와 같습니다.

부부가 가는 길에 때로는 등대가 되어주고
돛대도 되어주며 서로 의지하며
인생의 종착역을 향해 함께
장거리를 달려가는 것입니다.

고귀한 희생이 참사랑이 된 부부
각박한 이 세상에 또 다른 믿음을
우리에게 던져주고 있습니다.

드넓은 호숫가에서

마음을 깨우는 편지

님 그리는 내 맘처럼

얼마나 넓고 깊고 깊은지

하늘에 떠 있는 구름이 호수에 빠져 있고

깊숙이 들여다보니 하늘까지 빠져 있네

호숫가에서 드넓은 둑에 나 홀로 서서

지평선 연가 속으로 나를 품어주네

태양 빛에 반짝이는 잔잔한 호수

무시로 살랑이는 바람 불면

소리 없는 몸짓으로 물결이 살아

내게로 다가오는 님의 모습 발견하네

당연한 것은 없네

우리 삶에서 중요한 것은
당연한 것으로 받아들이느냐
감사함으로 받아들이느냐 하는 것이네

인간은 은혜 없이 살 수 없는
연약한 존재이네
신의 은총이 아니면 설명할 수 없는 일들이
우리 삶에 일어난다네

우리는 축복 속에 태어났고
기적 속에 살아가고 있다네
알지 못하는 가운데 지나간 것들이
얼마나 많은지 모른다네

이 세상에서 당연하게 받아들여야 할 것은
하나도 없다네
모든 것이 스스로 만들어지는 것은 하나도 없고
신의 은총 속에 감사할 수밖에 없다네

고사목 살아 천 년 죽어 천 년

오늘은 쉬어 쉬어 천천히 가도 된다 싶네
특히 미련도 없는 곳마다 내려놓은
생명이 다 된 고사목을 보라 하네

살아있는 넝쿨 식물이
기대어 감고 올라가는
버팀목 역할을 하는 고사목을 보라

우리 눈에 보이는 게 다 진실은 아니라네
죽은 듯 살아 천 년 버팀목 구상나무를 보라
살아있는 날보다 죽어 산 날이 더 많다네

산 것과 죽은 것의 차이는 무엇인가
이내 인간은 살아서 명예를 남기고
죽어서 이름과 업적을 남긴다네

마음을 깨우는 편지

고산 언덕에 녹색 이파리 대신

침묵의 앙상한 가지 매달고

꽃 대신 침묵의 가지 매달고 영감의 구상을 피워

열매 대신 생각의 성찰 경이로움

수많은 생각 천 년 동안 풍성한 열매를

살아있는 자들에게 구상하는 생각 심어주었네

(계간 『한국 크리스천 문학』 수록)

한여름 밤 개구리
매미와 풀벌레 우는 소리

어제 시골 내려가 들깨 파종한 밭 김매러 가
이식도 하고 풀도 뽑고
저녁이 되어 아름답게 지어 놓은 논막에서
하룻밤 묵으려고 잠자리에 들었다.

들녘에는 합창 소리가 요란하게 들리기 시작해
개구리 울음소리 매미 울음소리 풀벌레 울음소리가
왁자지껄 울어 젖히는 소리가 대단하다.
오랜만에 듣는 합창 소리가 좋아서 귀 기울이고 듣게 되었다.

와글와글 매맴매맴 풀벌레 소리도
넓은 들판에도 논막 주변에도
꽃 피워 열매를 주렁주렁 달고 있는 곳에도
소리의 빛깔도 개구리 울음소리도
웅장하게 울어대며 합창하는 소리 듣기 좋다.

바로 시골 들판이 정원 꽃밭이다.
온갖 허들한 잡초에서 피어난 꽃뜰에서부터

마음을 깨우는 편지

가지런히 정리된 논과 밭에서도
꽃은 생명을 잇기 위해 핀다.

정원사가 따로 없어 산만하게 색다른 빛깔로 피고
꽃은 지면서 자신의 열매 땅에 떨구고 생을 마감한다.
들녘 꽃피는 소리에 달빛이 은은하게 익어간다.
꽃은 향기와 함께한 계절을 온갖 꽃으로 물들일 기세다.

하늘이 해맑게 웃고 있을 때
농부의 살갗은 타고 따갑고 아파도
들녘에 핀 꽃향기가 퍼져간다.
나는 꽃향기를 맡으며 한여름 밤을 닫는다.

와글와글 너희들은 옛날에도 시골 뜰에서
개구리와 매미 그리고 풀벌레와 함께 합창하고
들의 꽃들은 우리네 코끝을
눈과 귀 그리고 마음을 행복하게 한다네.

(계간 『한국 크리스천 문학』 수록)

천 번의 삶

천 번의 삶을 살 수 있다면
그 모든 삶을 주를 위해 살고 싶네
나를 향한 큰 사랑 보답으로 드리고 싶네

믿음의 삶이란
자신의 모든 것을 다 드리는
삶을 사는 것이네

젊은 시절 청춘의 땀과 눈물 다 흘렸고
마지막 한 방울의 땀
흘리고 싶다고 고백하고 싶네

신앙은 우리가 하는 것이 아니라
우리가 주님을 위해서 사랑에 대한
보답이 될 수 있어야 한다네

나를 읽어야 하는 삶

우리 삶에서 가장 중요한 것은
할 것은 하고 행함의 주도권을
내가 쥐어서 온갖 일을 주도한다네

내가 일을 하는 주체가 되면
나의 인식과 경험의 틀에서
받아들일 수 있는 것만
받아들이게 된다네

일은 내가 듣고 취하고 싶은 것을
얻기 위해 하는 것이 아니라
신께서 내게 말씀하시는 것을 들으며
그대로 변화되기 위해서 일하는 것이네

진리가 나를 일하게 한다는 것은
그 진리에 머리와 가슴으로 깨닫고
느끼는 것을 넘어 영적으로 담아 삶 속에서
결단의 적용을 하므로 생명이 되는 것이네

청춘은 짧고 아름다워라

마음을 깨우는 편지

마음의 온기로 나는 다시 한번
빛과 함께 흐르게 할 수 있을 것 같네

우리를 인간답게 하는 것은 어쩌면
작은 배려일 수도 있다네

허황된 일로 가득 찼던 나의 마음을
바람으로 채워 줄 수 있는 누군가가 있다면
영원한 삶 진짜 행복하다 말할 수 있을까

우리 평범한 일상이 시가 되어 만나는
순간의 리듬은 마음의 깊은 옹달샘이더라

시심이 끝나면 잔잔해진 눈으로
뒤돌아보는 청춘은
너무나 짧고 아름다워졌다네

홀로 설 준비된 삶

마음을 깨우는 편지

이 세상에서 홀로 설 준비는 하셨나요.
진리와 지식은 결코 다수와 함께하지 않습니다.
이 시대는 모든 사람들과 예외 없이 홀로 서서
세상을 거스르는 삶을 살아야 하는
도전을 거스르는 대세를 받습니다.

우리는 시시각각 홀로 서서
좌로나 우로나 치우치지 않고
온전히 따를 것인가의 유혹에 직면하며
살아가게 될 것입니다.

인간은 신의 질서를 거스르는
세상에 가담하지 않고
저 높은 곳을 향해 맞서
외로운 삶을 개척해 나가는 것입니다.

모두가 예라고 하면
순응할 때 아니라고 하신 믿음의 지존을
기도로 지키는 한 사람이 될
준비가 되어야 합니다.

살아가는 용기가 필요하다네

마음을 깨우는 편지

너와 내가 죽는다는 것은 용기가 필요하다네
상대를 위해 사는 것도 용기가 필요하다네

오늘은 여러 가지 면에서
믿음을 드러내는 것은 공격 대상이 되는 것은
자연스러운 일이 된다네

그러나 세상의 거센 저항에 두려워하면
그냥 머물러 있어서는 안 되며
두려움을 넘어서야 한다네

지금 시대는 세속화된 세상을 거슬러
신의 능력과 은혜를 신뢰하고
살아내는 용기가 필요하다네

믿음 속에서 소외된 사람들에게
따뜻한 빛이 되어주며
베풀고 나누는 삶을 살아내야 한다네

별과 달 하나

마음을 깨우는 편지

차를 타고 시골에 내려가고 있었는데 땅거미가 지면서
어둠이 짙게 깔리기 시작했다.
한참 동안 창가의 풍경과 밤하늘을 바라보며 생각에 빠져들었다.

태양은 혼자 있어도 환하게 웃고 있는데
달은 캄캄 밤에 혼자 있으면 외로울 것 같은데
시골 밤하늘엔 달과 함께 별들이 무수히 반짝반짝이며
어두움을 은은히 밤길을 비추고 있다네.

파란 하늘에 먹물이 번지듯이 캄캄한 밤하늘을 바라보면서
문득 내 어릴 적 시골에서 평상에 누워 하늘의 별을 세며
성장했던 생각이 새록새록 떠올랐다.
밤하늘을 바라보니 쪽배를 닮은 초승달이 저 먼 곳에 걸려 있었고
그 옆에 환하게 빛나는 별이 떠 있는 것이 눈에 들어왔다.

그런가 보네.
달이랑 별이 무섭고 외로우니까 같이 있나 보다
마음속으로 생각해 본다.
그대 우리도 사람도 마찬가지겠지.
서로 외롭지 말라고 함께 있나 보다.

기도

마음을 깨우는 편지

기도는 기독교인의 특권입니다.

기독교인의 생활은 기도 없이 유지할 수가 없습니다.

기도는 영원한 생명을 위해 숨 쉬는 것입니다.

기도는 하나님과의 대화입니다.

기도는 하나님께 순종함입니다.

기도는 하나님의 결재입니다.

"호흡이 있는 자마다

여호와를 찬양할지어다."

진리

진리에는 참된 도리,
논리의 법칙에 일치하는 바른 판단,
누구나 인정할 보편타당한 사실 등
여러 해석이 있습니다.

하나 덧붙여야 할 것은 믿고 따를 수 있고,
실천에 옮겨지는 것만이 진리라는 사실입니다.
노래는 입 밖으로 나와야 노래이며 종은 울려야 소리가 나듯,
진리는 믿고 따를 수 있어야 진리인 것입니다.

신앙인은 주님의 진리 앞에서 중심이 되어
믿고 따르고 증인 되어야 합니다.
믿음의 말씀을 따르는 신앙이야말로
진리의 선봉이라는 것을 의미하는 것입니다.

진리는 보이지 않는 속박으로부터
자유를 가져다줍니다.
최고의 진리인 성경과 믿음을 따르는 신앙으로
순교자들의 삶을 통한 생명이 자유로울 수 있었습니다.

·

천국

사람은 지금 생활이 기뻐야 합니다.
괴롭고 슬픈 삶은 지옥 같은 삶이라 할 수 있습니다.
기쁨의 삶은 천국의 삶입니다.

가정에는 기쁨이 있어야 합니다.
가정의 기쁨은 직장과 사회의 기쁨으로 이어집니다.
우리가 살고 있는 나라를 백성들에게 천국 같은 기쁨을 주는
안정된 가나안 복지국가로 만들어야 합니다.

우리의 복된 가정과 사회와 국가,
그리고 우리가 처해 있는 곳이
천국이어야 합니다.

성경

사람의 말은 진담이 있고 거짓말도 있으며 농담도 있습니다.
하나님의 말슴은 오로지 죄인을 구원하기 위한
생명의 말씀입니다.
하나님의 말씀은 진리만이 선포됩니다.

성경 말씀을 가상으로 여기거나 적당히 듣고 흘려서는 안 됩니다.
성경 말씀을 등한시하는 것은 자신의 생명을
소홀히 하는 것입니다.
성경 말씀은 육신의 귀로 듣는 것이 아닙니다.
영혼의 귀로 듣고 마음에 새기어 믿음으로 구원받을 때,
생명의 영생을 누릴 수 있습니다.

성경 말씀에 대한 잘못된 인식이 있으면 바로잡고,
말씀을 귀히 여기고 손목에 매어 기호를 삼고
매일 묵상해야 합니다.
에스라가 하나님의 전 앞에서 기가 막히고 얼굴이 뜨뜻하여 울며

이스라엘 백성의 죄를 자복할 때에 내 주의 교훈을 따르며
하나님의 명령을 떨며 준행하는 자의 가르침을 따라
신앙의 개혁을 일으킨 역사가 있습니다.

생명

마음을 깨우는 편지

"좁은 문으로 들어가라.

멸망으로 인도하는 문은
크고 그 길이 넓어
그리로 들어가는 자가 많고

생명으로 인도하는 문은
좁고 길이 협착하여
찾는 자가 적음이니라."

믿음

마음을 깨우는 편지

믿음과 기도에 투자하십시오.
사람이 밭 속에 감춰진 보화를 발견하면
자기의 재산을 다 팔아
그 밭을 사고 보화를 얻게 됩니다.
믿음의 진주를 찾고 구하는 자만이
재물과 진주를 얻을 것입니다.

믿음을 소유한 농부는 값진 진주를 발견하고
이 진주의 최고의 가치는
절대적 가진 자만이 느낄 수 있는 기쁨입니다.
믿음의 진주를 얻기 위해서는
나의 시간과 물질과 내 소유의 모든 것을
버릴 수 있는 결단이 있어야 합니다.

값진 진주를 발견한 성도는
예수 그리스도를 통하여
천국을 소유하게 될 것입니다.
"천국은 마치 좋은 진주를 구하는 장사와 같으니
극히 값진 진주 하나를 만나매 가서 자기의 소유를 다 팔아
그 진주를 샀느니라"고 하셨습니다.

순종

마음을 깨우는 편지

"자녀들아, 주 안에서 너희 부모에게 순종하라."
뿌리 없는 나무가 없듯이 부모 없는 자식이 없습니다.
이 뿌리의 도(道)가 효도(孝道)입니다.
부모의 사랑보다 더 깊고 큰 사랑은 없습니다.

"내 아들아, 네 아비의 훈계를 들으며
네 어미의 법을 떠나지 말라.
이는 네 머리에 아름다운 관이요 네 목의 금사슬이라."
아비의 훈계는 무엇이며 어미의 법은 무엇입니까?

부모가 신앙으로 하나님의 진리를
자녀들에게 성경으로 가르침을 말합니다.
하나님의 교훈이 부모의 교훈을 통해서 사랑과 권위로
하나님의 백성으로 찾아오는 것을 말씀하고 있습니다.

이 세상에서 최고의 행복은
하나님을 섬기는 복된 가정에 있습니다.
부모님은 진실하게
자녀들을 가르치는 선생님입니다.

말

말이 많으면 허물을 면키 어렵습니다.
그 입술을 절제하는 자는 지혜가 있습니다.
말을 절제하는 것은 하나님을 경외하는 모습을 보여줍니다.

의로운 자의 혀는 천금과 같습니다.
착한 사람의 입술은 여러 사람을 바르게 살게 합니다.
약한 사람의 마음은 신뢰도가 떨어집니다.
미련한 사람은 지식과 교양이 없어 형제를 떠나게 합니다.

성경은 말을 조심해야 할 것을
여러 가지로 말씀하고 있습니다.
솔로몬은 이렇게 말합니다.

"하나님은 하늘에 계시고
너는 땅에 있음이라.
그런즉 마땅히 말을 적게 할 것이라."

겸손

마음을 깨우는 편지

때에 알맞은 말과 적절한 대답은
사람을 기쁘게 합니다.
알맞은 말이 제때 나오면 참 즐겁습니다.

사람이 마음으로 자기의 앞길을 계획하지만
그 걸음을 인도하시는 분은 하나님이십니다.
겸손하면 영광이 따릅니다.

이 땅에서 모든 욕심을 버리고
공의와 겸손을
구하시길 바랍니다.

인생

마음을 깨우는 편지

인생을 가리켜 풀과 같다 하며
꽃과 같다 하며
또한 나그네라고 합니다.

내일 일은 우리가 알지 못합니다.
우리의 생명이 무엇이냐고 묻습니다.
인생은 잠깐 보이다가 구분되어 없어지는
안개와 같다 했습니다.

칭찬

"네가 너를 칭찬하지 말고
남이 너를 칭찬하게 하여라."

칭찬은 다른 이가 인정해 주는 것이지
자기 입으로 자화자찬하는 것이 아닙니다.

악인은 뒤를 쫓는 사람이 없어도 달아나지만
의인은 지축이 흔들려도 담대합니다.

도가니는 은을 녹이고
화덕은 금을 단련하듯이
칭찬은 사람을 달아 볼 수 있습니다.

마음을 깨우는 편지

지혜

잠언의 교훈입니다.

"슬기로운 사람은 재앙을 보면 숨고 피하지만
어수룩한 사람은 고집을 부리고 나아가다가 화를 입는다.
마땅히 걸어야 할 그 길을 아이에게 가르쳐라.
그리하면 늙어서도 그 길을 떠나지 않는다.
아이의 마음에는 미련한 것이 얽혀 있으나
훈계의 매가 그것을 멀리 쫓아낸다.
성급한 사람과 사귀지 말고
성을 잘 내는 사람과 함께 다니지 말아라.
네가 그 행위를 본받아서 그 올무에 걸려들까 염려된다."

격려

마음을 깨우는 편지

격려는 이해와 사랑을 바탕으로 시작합니다.
히브리서에서 말씀하셨습니다.

"서로 돌아보아 사랑과 선행을 격려하며 모이기를 폐하는
어떤 사람들의 습관과 같이하지 말고 오직 권하여
그날이 가까움을 볼수록 더욱 그리하자."

언제나 서로 돌보며
서로 사랑하며 이해하며 격려하면서
자라나는 믿음과 사랑이 되기를
바라는 마음입니다.

선

마음을 깨우는 편지

사람이 고귀한 것은

그 안에 하나님의 형상이 담겨 있기 때문입니다.

하나님께서 그의 자녀들을 다루시는 방법은 다양합니다.

때로는 마음을 아프게도 고통스럽게 하지만

우리가 분명히 알 수 있는 것은 종래에는

선을 이룬다는 사실입니다.

긍휼

마음을 깨우는 편지

그리스도인이 갖추어야 할 덕목입니다.
긍휼과 자비를 베풀 줄 알아야 하고
자기 자신의 마음을 다스릴 줄 알아야 하며
겸손하고 온유한 생활을 해야 합니다.

성도는 오래 참는 생활을 해야 하며
용서할 줄 알아야 합니다.
"누가 뉘게 혐의가 있거든 서로 용납하여 피차 용서하되
주께서 너희를 용서하신 것과 같이 너희도 그리하고"라고
골로새서에서 말씀하십니다.

꽃을 피우게 하는 것은 사랑입니다.
사랑 없는 긍휼, 사랑 없는 자비, 사랑 없는 겸손,
사랑 없는 온유, 사랑 없는 인내, 사랑 없는 용서가 된다면
그 모든 수고는 헛된 수고가 될 뿐입니다.
그리스도인은 서로 사랑해야 합니다.

권선복 | 도서출판 행복에너지 대표이사

출판 일을 하다 보면 하루에도 수많은 원고를 마주합니다.

때로는 언어가 넘치고, 때로는 메시지가 흐릿합니다.

하지만 가끔, 말수가 많지 않아도 단단한 울림을 가진 글들과 만날 때가 있습니다.

구영서 목사님의 원고가 그랬습니다.

처음 원고를 접했을 때, 그것은 단순한 '편지글 모음'이 아니었습니다. 그 안에는 누군가를 살리고, 붙잡고, 견디게 했던 실제의 말들이 담겨 있었습니다.

책상 앞에서 쓴 문장이 아니라, 삶의 골짜기에서 건져 올린 진심의 문장들.

그래서 더욱 신뢰할 수 있었고, 그래서 이 책을 꼭 세상에 내보이고 싶었습니다.

마음을 깨우는 편지

『마음을 깨우는 편지』는 큰소리를 내지 않습니다.

그러나 묵직한 메시지로 우리의 내면을 두드립니다.

마음이 메마른 이들에게는 한 모금의 생수 같고, 삶의 방향을 잃은 이들에게는 나침반 같은 책입니다.

출판인으로서 저는 언제나 '지속 가능한 가치'를 좇습니다.

이 책은 그런 의미에서, 단발성의 감동이 아니라 오래 곁에 두고 싶은 책입니다.

어느 날 문득 꺼내 읽어도 그때 그 사람에게 꼭 맞는 말이 되어주는, 때로는 아무 말 없이 곁에 있어 주는 벗처럼 조용히 우리를 감싸안는, 그런 책이 되었으면 합니다.

마음을 깨우는 글은 세상을 바꾸는 힘이 있습니다.

그것은 먼저 한 사람의 마음을 살리는 데서 시작됩니다.

이 책이 바로 그 시작이 되기를 바랍니다.

마지막으로 이 책을 통해 더 많은 이들이 자신의 마음을 다시 들여다보고, 스스로를 위로하고 사랑하는 용기를 얻길 바라며, 독자 여러분의 삶에 늘 행복과 긍정의 에너지가 팡팡팡 샘솟기를 기도합니다.

'행복에너지'의 해피 대한민국 프로젝트!

〈모교 책 보내기 운동〉〈군부대 책 보내기 운동〉

한 권의 책은 한 사람의 인생을 바꾸는 힘을 가지고 있습니다. 한 사람의 인생이 바뀌면 한 나라의 국운이 바뀝니다. 그럼에도 불구하고 많은 학교의 도서관이 가난하며 나라를 지키는 군인들은 사회와 단절되어 자기계발을 하기 어렵습니다. 저희 행복에너지에서는 베스트셀러와 각종 기관에서 우수도서로 선정된 도서를 중심으로 〈모교 책 보내기 운동〉과 〈군부대 책 보내기 운동〉을 펼치고 있습니다. 책을 제공해 주시면 수요기관에서 감사장과 함께 기부금 영수증을 받을 수 있어 좋은 일에 따르는 적절한 세액 공제의 혜택도 뒤따르게 됩니다. 대한민국의 미래, 젊은이들에게 좋은 책을 보내주십시오. 독자 여러분의 자랑스러운 모교와 군부대에 보내진 한 권의 책은 더 크게 성장할 대한민국의 발판이 될 것입니다.

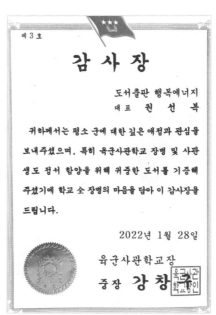